山腹の家

久七龍治
KYUSHI Ryuji

文芸社

目次

「山腹の家」

邂逅

立ち止まった人の気配に、濯ぎの手を止め、吉《きち》は聞き耳をたてた。川の中にいるとはいえ、腰を曲げ、着物の裾をからげた自分の姿に、二十歳になったばかりの彼女は羞恥心が湧き上がってきた。

相手は無言のままで、高瀬川の岸辺から離れようとしないのだ。恐らく、こちらの無様な姿を眺めているのだろう。だが、顔をあげるのも不躾《ぶしつけ》な気がし、吉は気づかない風をして、再びゆるりとした手つきで絣《かすり》の普段着を濯ぎ始めた。

「洗濯物が逆に流れていますのう……」

満潮時と重なると、川口近くの水の流れは緩やかに上流へと遡っていく。

口調からして、男は遠慮がちに言葉をかけたのだろう。若い男の誠実そうな声に、屈めた腰のまま、彼女はおずおずと顔をあげた。

海に沈む直前の夕陽が長く尾を引き、日灼けした男の顔に当たっていた。釣竿を肩に担いで、左手に籠を下げている男は、背が高く、体ががっちりしていて、整った顔をしている。この辺りでは見かけない顔だが、何故か吉は一目で親近感を覚えた。

「三か月ほど前にも、あなたが洗濯をしている姿をお見かけしましたけど、この近くにお住まいですか？」

男は人懐っこい笑顔を向けてきた。海水の混じった川で洗濯する愚かさを笑ったかも知れないが、引き上げた着物の裾を絞りながら、彼女は我知らず、「ええ、そうです」と、上気した口調で応えてしまった。

男は二、三度軽く頷いてから、一町ほど離れた田圃の中にある二階建ての家に視線を移した。村の外れに建っている二階建ては吉の家なのだ。夕暮れの短い秋の陽に、葦の茂る川原で水に入る若い女の住まいなど、ちょっと頭を働かせば近場だと推測出来る。

吉は青海苔で滑る川底を歩いて、水から上がった。絞った洗濯物を竹籠に入れると、頭に被っていた手拭いで濡れた両足を拭いた。それから、からげた裾を帯の間からはずし、足元に垂らした。着物の裾を整えてゆっくりと体を回し、川向こうの低い対岸に目をやると、もう行ってしまったと思っていた男が、まだ吉の方を眺めていた。話しかけられるままに、つい応じてしまったが、相手は情欲の対象として見ていたのかも知れない。立ち去ろうとしない男に、彼女は胸騒ぎを覚えた。

「魚がたくさん釣れました。少し持って行きませんか？」

吉の心情を悟ったのか、男は取り繕うように言った。

「いいえ、結構です」

漁師の吉の家には、魚など近所に配るほどある。彼女は軽率な自分の言動を反省しながら首を横に振り、慌てて葦の木陰に身を隠した。

洗濯は十三歳からやり始めた。夕餉の支度に忙しい母の後を引き継ぐ形になった。井戸端で揉み洗いしたものを、川で濯ぐ。晩のうちに干せば、次の日は曇り空であろうと、海からの風で一日で乾いた。雲の動きで天気が読めるので、心配することはなかった。太平洋に面した西の空が明るいことと、雲が北に向かわなければ翌日は晴れた。

水の干上がった水路の岸を、三日振りに吉は川に向かった。畝《うね》には、秋の穫《と》り入れの後に蒔かれた麦が二列に並んで青々とした短い芽を出している。夏草が黄土色に変わりつつある景色の中では、麦の若芽は一層の生命力を感じさせた。吉の心和む風景の一つだった。

川に着くと、竹籠から洗濯物を取り出した。濯ぎ終えれば同じ籠に入れるので、まず竹籠を洗っておかなければならなかった。

「また、お目にかかりましたのう」

突然の声に誰かと思い振り向くと、三日前に声をかけてきた男だった。

川に来てまだ一分も経っていなかった。吉は思わず目を瞠《みは》った。男は前と同じように釣竿を担いでいた。笑顔が生き生きとして、嬉しそうである。いかにも磯帰りのように振舞っている。自惚れかも知れないが、吉は偶然とは思えなかった。

「釣りが、お好きですか？」

悪い気がしないまま、つい口を利いてしまった。こういう応え方は、相手に返事を求めるのと同じだと、言った後から気づいた。まだ水に入る前で、裾をからげていなかったので、油断したのかも知れなかった。

「農作業が一息つきましたので、これからはちょくちょく来ようと思っています」

「今日は釣れましたの？」

男の話につられて、また利いてしまった。

「小ぶりの魚が二匹だけです。まあ、釣れないよりはましですけど……」

男は少し体をずらして薄《すすき》に手をかけた。それから足元に視線を移し、右足を下へ運んだ。どうやら岸を下りる積もりなのかも知れない。吉のいる場所は川を隔てても、対岸までは六間ほどしかなかった。

「私、洗濯がありますので……それじゃ」

吉は慌てて父の股引《ももひき》をつまみ上げた。

誠実そうな顔をしているが、川を渡って此方《こちら》に来られたら困る。

「いつも、夕方に？」

薄から手を放して、男はまた元の位置に戻り、体を真っ直ぐに伸ばした。吉は安心してまた応えた。

「ええ、その方が水が冷とうのうて楽やし、晩のうちに干せば、朝までに雫は全部落ちてしまいますえ」

「なるほど、じゃ明日の夕方ここを通れば、また貴女にお逢い出来るということですの」

やはり吉が感じたように、男は彼女の出現を待っていたに違いなかった。もしかしたら、昨日も磯に来たのかも知れない。明日もまた釣りの後、期待してここを通るのではと思うと少し気の毒な気がする。吉は大きく首を横に振った。

「洗濯は三日おきです」

大胆さに我ながら驚いた。

「はぁ、そうでしたか……」

男は笑顔で大きく頷くと、釣籠を持っている右手を挙げた。

「貴女とお話しが出来て、とても楽しかった……」

こんなことを人から言われたことなど、吉は今まで一度もなかった。顔も十人並みに過ぎず、いつも目立たない女と言われてきたのだ。子供の頃はそうでもなかったが、人の輪に入っていくことがいつの間にか苦手になっていた。

「じゃ、またお逢いしましょう」

男は吉の方に目をやったまま、ゆっくりと歩き出した。

(自分はこの時どうしていたのだろうか……)

後から思い出してみたが、吉には分からなかった。けれど、男が此方を見ていたことを覚えているので、吉も男を見ていたと考えた方が自然である。

吉は洗濯物を濯ぎながら、心弾むものを感じ出した。

男は三日後に、またここに現れるかも知れないのだ。それなのに嫌な気分はなく、吉は嬉しかった。知らない男と話をしたことが新鮮だったのだろうか、と考えてみた。家の四畳半で仕立物の内職をする生活は、外の人に触れる機会は少ない。いや、そうではないと吉は思う。自分の嫌いな特徴の男だったら、川に行く時間をずらすかも知れなかった。初めて逢った時から、吉は男に好意を感じたことは確かだった。


三日後は、久し振りの雨だった。朝から降り続いているのに、空はまだどんよりとした雲に覆われていた。窓から下を見ると、田の畝間には水が溜まりかけている。

(あの人は来るだろうか……)

約束をした訳でもないのに、吉は落ち着かない気分に襲われた。けれどそれは、苛々《いらいら》する気分とは別のものだった。手鏡で映して見ると、顔の表情が柔らかく、日に輝きが増している。吉は初めて自分を美しいと思った。

昼食を食べて少し経つと、ぜひ川に行くべきだという気分になってきた。

(あの人はきっと来る……)

何故そう思えるのか、よく判らなかったが、逢いに来る男の期待に応えてやりたい。吉の方に目をやったまま去って行った三日前の姿を思い浮かべると、釣りだけに来るとはどうしても思えなかった。

雨の日は暮れるのも早い。いつもより半時間ほど早めに、井戸端で揉み洗いを始めた。トタン屋根があるため、体は濡れずに済んだ。

「お前、こんな日に川に行くことはないえ。明日の朝には天気になるのえ」

蓑《みの》を着け、笠を被って納屋から来た姿に、母は呆れた顔を向けてきた。

「洗濯は、仕立の仕事が終わった後が一番いいえ。十代と違って、掌に力を込めた後では、針が逸れるのえ」

それは確かにそうだ。針仕事は単調な作業なだけに気も抜けない。母は吉の弁解に何も怪しむことはなかった。

家を出て畦道を歩き出すと、籠の重さなど気にもならずに、少しずつ速度が増してきた。吉は息を切らせながら川に辿り着いた。

雨水を集めて水量の増した川は、少し濁りを湛え悠然と流れている。いつもは乾いている葦の木陰も水に浸かっていた。川幅が狭いだけに水の回りも早いのだ。

吉が川に来て、二分もしないうちに、対岸に足音がした。顔をあげて確かめた訳ではないが、吉はあの男だと確信を持った。わざと気づかない風を装って、洗濯をしている手が次第に震え出した。近づいて来る足音に、息苦しくなり、顔が火照ってきた。

「ああ、やはり今日も貴女にお逢い出来た……」

足音が止むと、男の声が濡れたように耳に届いた。吉は洗濯の手を止め、ゆっくりと顔をあげた。少しずつ腰を伸ばし、男と視線を合わせると、彼女は急に心が静まってくるのを感じた。

口から飛び出すほどに大きく聞こえていた鼓動、震えていた手、火照っていた顔、蓑笠をつけ、着物の裾をからげた無様な格好、立っている大地、それら一切のものが、この時吉の観念から消え去った。

吉は、無言のまま食い入るように男を見続けた。その間、瞬き一つしなかった。どのぐらいの時間、二人は見つめ合っていただろう。三十秒ぐらいかも知れないし、もっと長かったのかも知れない。

吉は男よりも先に我に返って、身を引くようにして視線を川面に移した。二本の足の間を通った水が、線を引きながら波紋を広げていた。その水の流れを、吉は少し酔ったような気持ちで茫然と見つめた。

「そちらに行ってもいいですか？」

返事もしないうちに、荷物を置いて、男が岸を下り始めた。大胆になった男。しかし吉は身じろぎもせず、大股で川を渡って来る男を眺めていた。

傍に来ると男は洗濯物を持っていない吉の片方の手を両手で握りしめた。

「今日は、貴女とお話しが出来ますか？」

男は、吉の目をじっと見つめたまま訊いた。

「洗濯を終わらせませんと……」

顎を引いて上目遣いに応えた。すれていない包容力のある眼差し。男の大胆さは、吉の気持ちを知ったからだろう。人との付き合いは殆んどなかったが、相手は遊び人なんかではない。それは一目で判った。

「ここに居てもいいですか？」

そう言うと男は、吉と一間ほどの距離を保った。

向こうに行けと言うのも不自然で、吉は小さく頷いた。

傍に互いの心を知り合った相手がいる。二十年の生涯に初めて味わう感情は、わくわく、どきどきではなかった。吉は、思い描いたこともなかった、しっとりとした落ち着いた安らぎに満たされた。けれど、そこに飛び込んでいいものかどうか、吉にはまだ判らない。

「言葉など要らないということを、初めて知りました」

濯ぎが終わって、葦の木陰を抜けながら男が言った。二人にしか通じない文言。吉は否定も肯定もしないまま、男の後ろから岸を上がった。

空から降り注ぐ雨が、男の笠に当たって流れ落ちている。蓑の下の体だって冷えきっているだろう。川に洗濯に行った女が、いつまでも戻らないわけにはいかない。夕闇も迫っている。吉には焦る男の気持ちが痛いほど判った。

「私は、栄村のもんで、林藤助《とうすけ》といいます。あんたさんは、柏木吉さんやろ？」

自分のことを知っている男に、もはや吉は驚かなかった。母の実家も男と同じ栄村である。きっとこの三日の間に、かなりのことを調べたと思われる。男はそれだけ真剣なのだ。

「あんたを一目見た時から好きになった。嫁さんにする人は、この人以外ないとその時思った……。けど、それは、私一人の気持ちで、あんたにも、あんたの考えがある。私と一か月付きおうて、私のことを気に入ってくれたら、嫁さんになって貰いたい」

吉は男の気持ちが嬉しかった。けれど、その気持ちに応えようとすればするほど、言葉が出てこなかった。

「駄目ですか……」

返事を催促するように、下を向いている吉の顔を男が覗き込んだので、慌てて首を横に振った。

「ありがとう。私は酒も飲まんし、煙草も吸いません。自分で言うのもおかしいけど、男としては出来た方やと思う。けど、無理強いはしません。気に入らなければ、遠慮なく断って下さい」

「私のことを、そんなに言ってくれて、ありがとうさんです」

はち切れそうな思いで吉が顔をあげると、あんたは大した腕を持っているらしいのと、男が続けた。

「家は農家で、両親との三人家族やけど、嫁に来てくれても百姓仕事をして貰うつもりはないです。あんたの針仕事は財産や」

少し人より裁縫が上手いだけの、僅かばかりの賃仕事をそんな風に言ってくれる。吉は穴に入りたい気がした。既に男が知っているだろうと思いながらも、吉は町の呉服屋から仕事を貰うことを話した。男は大きく頷いて、今度からは洗濯の後に話す時間が取れるかと訊いてきた。

「少しなら……」

「じゃ、三日後にまたここで逢うことにしよう。一か月の間は、どんなことがあろうとも、私は必ずここに来させて貰います。その時に時間を割いてくれますか？」

「ええ」

「五時ぐらいに……、いいですか？」

「ええ」

秋の陽は短いけれど、日没までには半時間の余裕がある。吉の返事に男は微笑んで、大きく頷いた。

「じゃ、今日はこれで帰ります」

濡れているような吉の瞳が一瞬うろたえたが、去り難い表情を浮かべる男に、返す言葉が出てこなかった。男は挙げた右手を小さく左右に振ると、思い切るように向きを変えて岸を下り始めた。

「さようなら」

川を渡りながら振り返って男が言い、もう一度右手を振った。

「気をつけて、お帰り下さい」

やっと出た返事が高い声になった。吉の内部に、別れの切なさとともに、大海に漕ぎ出す舟に二人で乗っているような気持ちが湧き上がってきた。男と出逢ってから、まだ一週間しか経っていない。が、人生の決断に時間の長短などは関係ない、と言い切ってしまいたい。軽はずみな女と他人は笑うかも知れないが、川を渡る男の姿に、吉は自分の将来を決めていた。

当惑

午後の陽射しが、障子に当たりだした。吉は午前中巻き上げていた紐を解いて、簾《すだれ》を窓際に垂らした。部屋は二階の西側に位置しているので、障子を通してでも、陽射しを受けると、仕立物の生地が光り目に堪えた。

正月用の反物を、呉服屋から五着仕上げるように依頼されている。朝から自室に籠もりきりで、吉は仕事に余念がなかった。針仕事は十六歳の時からぼつぼつ始めたが、そのうち仕上がりが丁寧だと評判になった。今では、店に置く品物まで頼まれる。

内職では僅かな金にしかならないが、吉は生き甲斐を感じていた。今回のように五着の依頼を受けたのは、勿論《もちろん》初めてのことであった。吉は、身頃《みごろ》、袖、襟と裁断した後、待ち針で固定した袂に型紙をあて、篦《へら》で曲線を描いた。桜色の正絹は、いずれ若い女の訪問着になるだろう。年月を経ても、こういう着物は、親から子へと受け継がれていく。上等なだけに此方も気が抜けなかった。

「吉、ちょっといいか」

襖《ふすま》が開いて、父が顔を出した。張り詰めていたので、階段を上がる足音に気づかなかった。それとも、父は音を殺して上がってきたのだろうか。

吉は箆を持ったままで振り仰いだ。家にいる時は着物で寛いでいるのに、父は硬い表情をしている。仕事中の娘を訪ねるなど今までになかったことだ。

「忙しそうじゃないか」

襖に沿って歩いて、父は長机の脇に腰を下ろした。

「何？」

親の方からやって来るなど何事かと、待ち針を針山に戻すと、吉も無意識に緊張した目を向けた。

「お母さんも承知していることだけど……」

前置きに母もと聞いて、気持ちが緩んだ。

「どうしても、お前に納得して貰わなければと思っている」

広げていた反物を畳んで、机の端に寄せるのを待っていたかのように父が言った。

「林さんとの縁談は、よそうと思う……」

明日は雨なのか、時折強く吹く風が簾を揺らしていた。見違えるほど美しく変貌した娘の顔面に、束の間夏の陽射しが当たると、眉もまつ毛も白っぽく輝いた。光をはねて、唇の紅色だけが鮮やかな顔に、話の意図が通じたと思えないのか、父親は更に畳み掛けた。

「将来お前が悲しむのであれば、傷は浅い方がいい」

唐突な親の言い分に拘《こだわ》りながらも、吉は他人事のような顔をしている。

自室に籠もって仕立物をするだけの生活に、違う世界の風景を見せてくれた男への想いを語る気はないが、この半年余り、満たされた日々を過ごしてきた。

「私がなぜ将来悲しむの？」

一週間前に、林家から正式な申し込みがあった。折角つかんだ幸せを自ら手放すなど考えも及ばないと、吉は軽い気持ちで聞き返した。口元には微笑さえ浮かんでいる。

「お前には、今回我慢して貰う。なにも心配することはない。すぐにお父さんが、相応しい人を見つけてやるから」

さすがに気が引けるのか、日灼けした太い腕を胸の前で組んだまま、父親は深呼吸をして、簾の下がった窓に視線を逸らした。

「心配するな。すぐにいい人が見つかるとも」

繰り返した口調が心に引っかかり、吉は父親の横顔に目をやった。太い眉毛の下の目は険しく、閉じた唇が右あがりに引き攣《つ》っている。家長としての威厳が表れた五十代前半の顔は、強い意識を浮き彫りにして、娘との妥協を遮断しているように見える。

こういう表情を吉は過去にも見たことがあった。父の弟が、親から譲り受けた僅かばかりの田圃を金に換えようとした時、「貰ったものはどうしようと、お前の自由だけど」と言いながら、頑固なまでに反対した兄としての顔だ。

吉は心の隅に甘えがあったことにようやく気づいた。只事ではない父親の本心を悟ると、彼女は顔色を変えた。

「嘘よ、あれほど喜んでくれたじゃない」

何を根拠にと思うが、しかし言い出したら曲げることをしない父親を知っているだけに、波立つ胸を抑えきれず、娘は怯えと怒りを含んだ目で睨み返した。

「家柄は申し分ないし、いい人ばかりだ。けど、方角が悪い」

重大な問題があるのかと思えば、くだらないことを真顔で返してきた。これが分別のある大人の言い分かと、吉は軽蔑の眼差しで睨みつけた。

「馬鹿ばかしい。方角などどうでもいいえ。私の幸せをぶち壊すことを言わないでちょうだい」

「いや、そうはいかん。とても大事なことだ」

聡明な男として近所では評判の父親が、時として固陋《ころう》になる背後に、占いをする七十歳ぐらいの醜い老婆の存在がある。狭い八角形のお堂に招き入れて、木魚と銅板を叩いて拝んだ後に、お告げとやらをする。漁師の父は、仕事のことなどでよくこの女を頼っていた。一食ほどの代金で占ってくれる。当たるという評判だった。

「方角が悪いと誰が決めたわけ?」

吉は激昂して肩を震わせた。

「お父さん、黙っていないで言ってちょうだい。またあの女の言うままなんでしょう」

体を小刻みに震わせる老婆。神がかりなのか、故意なのか、自分の将来を得体の知れない女に邪魔されては堪らない。

「なんと言おうと、私は藤助さんのもとに行きますえ」

人生の大事を占いで決めるなど、親といえども相手にするのさえ愚かしいと、吉は毅然と言い放った。

「いや、駄目だ……」

鬢《びん》にも白いものが交じる凛々しい顔は、娘の決意に身を乗り出し、射すくめるような眼差しを向けてきた。

「朝、お母さんと出掛けて、なかったことにしてきた」

吉は息を呑んだ。既に事後となってしまった現実。思いっ切り顔面に平手打ちを喰らったような気がした。立ち上がりかけていた腰を再び落とすと、彼女はへなへなと畳に座り込んだ。

「嫁げば、お前にとてつもない不幸が起こると言われ、それを認める親が何処にいる！」

父親は、異端者のように蔑んだ眼差しで睨みつけていた。が、やがて憮然とした様子で立ち上がると部屋を出て、乱暴な足取りで階段を下り始めた。

殺気をおびた眼差しでその後ろ姿を眺めながらも、吉は二人の愛がこんなことで壊れる筈はないと、心の隅で高を括っていたような気がする。

（あぁ……）

吉は、もはや相手がこの現実を承知していることに気づいて絶望した。占いなどと、何故一笑に付してくれなかったのだろう。攫《さら》ってくれてもよかったではないかと考えて、突然後ろ足で蹴飛ばされたような衝撃を感じた。親と同じように娘も考えていると向こうが取ったとすれば、と、吉は竦《すく》みあがった。

（愚かで高飛車な女……）

二度と逢うことがなければ、弁解の出来ないままで終わる。好きな男だけに、それはいたたまれなかった。

畳んだ反物を広げる気にもなれないまま、宵近くなって、吉は畳から体を起こした。手を伸ばして手鏡を掴み、顔を映してみると、泣いた為に別人のように瞼《まぶた》が睡れあがり、化け物を眺めているみたいだった。夕食に顔を出さなかったので、寝るような時刻になって、母がお盆に晩飯を盛って来て、黙って下りて行った。

次の日は雨になると思っていたのに、起きると前日の風は凪いで、日の出前の空には雲のない空間が広がっている。

「今日は、大漁なんだ」

階下から聞こえる父の声を、吉は畳に頭をつけたままで聞いた。漁に出る前から大漁だと弾んでいる。きっとお告げ女から聞かされているのだろう。占いに凝ることは勝手だろうけど、娘にまでそれを押しつけることが許せなかった。

「お前さん、あまり食欲がなかったじゃありませんか」

朝食のことを言っているのか、父を労わるような母の声が続いた。

しかし、娘のことを心配して食欲がないとは、吉には思えなかった。

父は大食いで、漁に出る時は、おかずと飯が別々の、二つ重ねのアルミ弁当を持って出る。人の倍もある弁当を風呂敷に包んで早朝五時には家を出て行く。仲間四人と協力して網を引いているので、会社勤めのように家を出る時間はいつも決まっていた。

表口が開いて、松原の方に向かっていく二人の足音が庭の敷石に響いていた。ちびけた下駄を鳴らして父の後ろを歩く母は、舟のある浜まで父をいつも見送っている。習慣というよりも、夫を想う気持ちからだろう。そんな両親の仲の良さが、今朝は忌々《いまいま》しく感じられた。障子の桟に視線をあてたまま、遠ざかっていく足音に、敵がいなくなったような気持ちで体を起こすと、吉は我慢していた手洗いに立った。

夕陽が松原に長い影を落としていた。いつもより二時間近く遅くなっても帰らない夫を気遣って、母は三十分ほど前にも浜まで見に行って戻って来た。

鯵の干物を焼く匂いが、吉の部屋にも漂ってきて、母はずれ込んだ夕餉の仕上げにさしかかっている様子だった。

「たみさん、大変だ！」

漁師仲間の狼狽した声に、慌てて台所から出て行く忙《せわ》しない母の下駄の音が響いた。

吉は手を止め、聞き耳を立てた。途切れ途切れの男の話し声の後、「まぁ……」と驚く母の声が聞こえたが、話の内容までは判らなかった。

すぐにガタガタと縁側の戸が荒っぽく音を立て、続いて地面にぶつかる鈍い音がした。

どうやら雨戸を外したようだ。

母が慌てた様子で階段を駆け上がってきた。

「吉、火を見ときなさい。お父さん大変え」

勢いよく襖を開けられたが、吉は振り向きもせず針を動かし続けていた。母の慌て方から、重大なことが父の身に起きたらしいと窺える。だが、二人に抱いた憎悪がまだ渦巻いていて、血相を変えた母に質問する気持ちさえ起こらない。

「吉、こんな時にいいかげんにおしや」

吐き出すようにそう言うと、母は再び階段を駆け下りて行った。

吉は、窓から首を突き出して下を見た。先を急ぐ男と一緒に、母が雨戸の一方を下げて、浜に向かって走っている。母は走りやすい藁草履に履き替えていた。

もはや歩くことも叶わず、仲間の男達に運ばれて戻って来た父は、横にした体を戸板の上で丸め、両手で腹を押さえている。青ざめた顔は苦痛で歪んでいた。

朝、食欲がないと言っていたが、出て行く時となんという落差だろう。流石の吉も目を瞠った。

母は普段寝ている夫婦の部屋を避けて、広い八畳の仏間に来客用の寝間を敷いた。他人の目を気にしてというよりも、神棚もある仏間に寝かせて、加護を願ったのだろう。

三十分ほどして、仲間の一人が診療所の医者を連れて駆け戻って来た。

噴き出た汗を、腰のベルトから外した手拭いで拭うと、医者は肩で息をしながら夏蒲団を払い除けた。

父の寝間着の前がはだけている。褌も緩んで下にずれ落ちていた。蛙のように大きく膨らみ上がった腹を見て、医者は眉を顰めた。

「痛み出したのは、何時頃からか？」

焦点の定まらない視線で虚空を見つめ、質問に応えない父は、もう意識がないようにも思われた。

「昼飯の一時間ぐらい前からですがの……」

父を挟んで、斜向かいに座っている仲間が代わって応えた。

「一刻を争うというのに、何故すぐに引き返さん」

医者は大声で怒鳴りつけ、上目遣いに目だけを動かすと、応えた男を老眼鏡の隙間から睨みつけた。

「久し振りの大漁だったもんで、もう一網、もう一網と欲が出ての……。それに、そんなに悪いとは思わなんだもんで」

欲に目の眩んだ男達には、船底に横たわっている父の症状は軽く見えたのかも知れない。大漁に喜ぶ仲間を尻目に、戻れとも言えず、父はどんな思いだったろう。

革の鞄から聴診器を取り出し、胸に当てる医者の哀れむような横顔に、吉は昨日からの我執も忘れ、祈るような気持ちで、はだけた寝間着から伸びる右足に手を伸ばして肝を潰した。体が氷のように冷たいのだ。高熱で魘《うな》されている間はまだよいが、体温が下がった時が危険なことを祖母の時にも経験している。吉は目の色を変え、聴診器を外した医者に縋《すが》るような眼差しを向けた。

「急性盲腸炎じゃ」

医者が押す位置を変える度に、微かな呻き声が洩れ、窪んだ腹部は元の位置に跳ね返った。四、五回繰り返した後、医者は無慈悲な内容を独り言のように呟いた。

「熱があって当然じゃのに冷たいのう。町まで運ぶまでもないのう」

吉は息を呑んだ。医者の言葉を聞き違えたと思ったほどだ。

父はそれから二時間ほどで死んだ。家族にとっても現実を受け入れる気持ちも湧かないうちのあっけない最期だった。医者が立ち上がりかけているのに、母も弟も腑抜けた状態で泣くこともできないまま座っている。仲間の男は、「すまなかった」と言い続けていた。吉は、引き上げる医者の見送りに立ち上がった。娘の自分が案外冷静に振る舞えることが、自分でも意外だった。が、歩き出すと足が地べたについていないみたいで、夢遊病者の感覚に襲われた。

満月なので外は明るかった。大潮の夜は、海の底では普段見られない色々な変化がある。磯の近くでは、その為に魚も多く集まってきたのだろう。

「あと二時間早ければ助けられたのに……」

医者は無念な気持ちをやはり独り言のように言い、背を向けて小石交じりの農道をゆっくりとした足どりで歩き出した。この先は、熊野神社に詣でる古人が歩いた九十九折の登り口に突き当たる。何世代もの人々を見送った稜線は、今宵も黒い影を浮かべていた。

(これで、あの人のもとに嫁に行ける……)

昨日と今夜、二重の悲しみに耐えながらも、少しずつ遠ざかって行く医者の後ろ姿に、ふと心に浮かんだ思いに、吉は我ながら怖いと思った。

予期しなかった夫の死に、母は憔悴し茫然とした日々を過ごしていた。気丈な母は、父の死んだ日以外は涙を見せなかったが、瞼が腫れていて、顔全体も腫れっぽく、毎夜泣いていることが窺えた。覚悟も何もないまま、突然愛する者と別れる悲しみがどんなものか。

父親と恋人、一度に二人の男をなくした娘の切なさを、今の母なら分かってくれるだろう。医者を見送りに出た時、ふと心に浮かんだ思いは、広がった空洞を少しずつ押し退けるようにして、日毎に膨れ上がっていた。自分の知らない間に親が勝手にしたことだ。父が死んだ今ならどんな言い訳でも立つと思う。

（詫びを入れてでも、元の鞘《さや》に戻りたい……）

頭を下げて誠意を尽くせば、分かって貰える筈だ。藤助もそれを待っているような気がする。百か日が経っていないことなど、彼女の念頭にはなかった。焦る心と想像の男女の世界は、大胆と幸福な日々に満ち溢れていた。

吉は仏壇の前に座った。縁から入り込む陽射しで、仏間は晩秋の暖かい空気に包まれている。線香をあげ、鉦《かね》を鳴らした後、掌を合わせて目を瞑った。心を静めて父を想うと、父は長い土管の闇の内を通り抜けて、吉のいる明るい表へとやって来た。土管は黄泉《よみ》の国と現世を繋ぐ管だと、子供の頃に祖母から聞かされていた。長じても祖母の言葉は生きている。

父と対峙すると、先程までの大胆な感情が影を潜めているのに気づいた。そしてまた、耳を覆いたくなるような、あの嫌な言葉が蘇ってきた。

（町まで運ぶこともないのう……）

この台詞を思い出す度に、自責の念と、父の無念さに胸が締めつけられ、息苦しくなる。

診療所の医者の無情さを、吉は我が口から出たように、今日まで詫び続けてきた。手術の出来る町の病院までの距離と、父の余命を秤にかけたのだろうが、吉が不安な視線を向けなければ、医者のあの言葉はなかったかも知れない。自分も無慈悲の片棒を担いでいるように思われてならない。父は薄れ行く意識の中で、何を思ったろうか。

(お父さん、堪忍え)

吉はどれだけ後悔しても、しきれない気持ちに圧迫される。今日もまた同じである。謝罪の前には、自己主張は気が咎めるのか。吉は何も言えないまま、仏壇を見上げ続けた。頬を伝って、涙が零《こぼ》れ落ちた。

「あれは、わしの辞世の言葉と思いなさい」

父の声を聞いたような気がしたのは、自身の意識の表れだったろう。

未練

次の日の夕方、吉は洗濯物の入った竹籠を抱えて高瀬川に出向いて行った。

「水も冷たくなったえ、井戸で濯いだ方がいいえ」

赤い実をつけた南天が繁る門の前で、母親と行き合わせた。何処に行って来たのか、昨日と打って変わって師走のように冷え込んだ気温に、新しい厚手の羽織を纏い、母は一周り細くなった首を寒そうに竦めていた。憶測もなく娘の身体を労わったのだろうが、吉は心中を見透かされた気持ちになった。以前は三日に一度の割で川に行っていたものが、二日に一度の割に増えている。本当は毎日でも行きたい。が、流石に気が引けるし、洗うものもなかった。

水嵩《かさ》十寸（約三十センチ）ほどの浅瀬の斜面を、川は光を弾いて緩やかに流れていた。前方には青い海が見え、葦の木陰では目白《めじろ》が鳴いている。微かな風が流れていた。

彼女は裾をからげると、井戸端で揉み洗いの済んだ弟の股引を掴んで水に入った。一日で最も希望の持てる時間なのだ。冷たい感覚など吹っ飛んでいる。

吉は、ゆるゆると手を動かしながら、対岸を意識している。なるべく水音をたてないようにしながら、滅多に通らない人の足音に神経を集中させている。ここで洗濯する自分を、男は知っているのだ。思い上がりかも知れないが、諦めきれない未練は双方にあって当然だと思う。逢いに来て欲しい。冷たい水でひび割れた手を動かしながら、必死な思いだけが彼女の内部に漲《みなぎ》っていた。

――男は今日も来ない。

自室の襖を開けると、飯の炊ける匂いが漂っていた。暇があっても、決して朝食の支度には手を出さない母が台所にいるのだ。吉は一瞬ためらったが、やがてゆるりと階段を下り始めた。

近づく足音を聞いても、竈《かまど》の前の母はこちらを振り返らないが、燃える火を見つめながら、後ろに神経を集中させているだろう。

流しには大根が葉のついたまま転がっていた。畑から抜いて間がないと見え、土が黒く湿っている。これを朝食の菜にしろと母は言うのだ。

吉は包丁で葉を切り落とした。それからバケツの水で土を洗い流した。

「ねえ、お前……」

皮を剥き始めると、母はやはり傍にやって来た。

「平天を買ってあるんだよ。柔らかく煮るには、天ぷらが一番だ。味付けは、お前には敵わないけど……」

母は娘をおだてることで、話の糸口を掴もうとしていた。

「なかなかのものだねぇ」

手の器用さを褒めながら、表情を変えない娘の横顔を一瞥すると、母はさらに近づき肩を並べた。

「少しぐらい歳上だって、いいじゃないか。一回り違う夫婦など、世間にはいくらでもいるもの」

媚びる口調で、三年振りに巡ってきた縁談をぶり返した。

「お前は嫌だと言うけど、いつまでも一人身じゃ、人様に笑われるえ。この話を断れば、この先どうなるか分かったもんじゃないえ」

母は娘の幸福を願うより、世間体を気にしていた。

吉は何とも応えなかった。

「仕立も上手にできるお前は、向こう様もきっと重宝してくれるだろうよ」

吉は剥き終えた大根を俎板《まないた》の上に載せると、輪切りにし始めた。

娘の眉も動かさない態度に我慢の限界がきたのか、母親は不意に口調を変え声を荒らげた。

「お前も二十三歳え。小姑がいつまでも家に居ては、弟の清次にも嫁の来てがないえ。既に家の厄介者だということが分からないわけじゃあるまい。早くこの家から出ておゆき」

想像もしなかった母の言葉。吉は思わず目尻を吊り上げて母親を睨んだ。老婆のくだらないお告げを振りかざして、娘の縁談をめちゃめちゃにした女の険悪な形相を、軽蔑の眼差しで見下した。

（母は、私に後ろめたさを感じたことはないのだろうか……）

吉は、俎板の上に包丁を投げ出した。十四も歳上の男が自分に相応しいとは、どうしても思えない。逃げるように背中を向けた体に、棘のように刺さる母の視線を感じた。二度とこの親の言うままになるまいと覚悟して、表口から外に飛び出した。

娘時代の殆どを二階の四畳半で暮らし、仕事に誇りをもって生きてきた筈だが、このままでいいとはどうしても思えない。それに両親に引き裂かれた愛は、二人で納得したことではないのだ。

朝露の湿る細い農道をあてもなく歩いていると、涙の渇きとともに吉の心に藤助に逢ってみようとする確固たる決意が芽生えてきた。二十一、二十二、二十三と年齢を重ねてきたが、逢いたいという想いは少しも薄れもせず、彼女の奥底にくすぶり続けている。

今更、どんな顔をして逢いに行けばいいのかと思わないではないが、内奥をそのまま口にした母の言葉がより強靱な後ろ楯として、吉の背中を押したことは確かなのだ。時間は刻々と過ぎ去っていく。決心したこの時が一番早いという考えに吉は辿り着いた。

（今からでも遅くはない……）

しかし、過ぎ去った三年間が大河のように横たわり、彼女の行く手を拒んでいるように思われた。この激流を泳ぎきって、対岸に辿り着くのは並大抵ではあるまいが、希望のない生活を後悔しながら、死んだように生きるぐらいなら、駄目でもともとだと思う。

（流され、溺れてもいい……）

回り道はしたけれど、二時間余りの道のりを歩いて、吉は笹垣の見える藤助の家の近くまでやって来た。仕事着のままのみすぼらしい身なりは気にならなかったが、道行く人もいないのに、他人の目を意識して、頭の手拭いを深く被りなおした。門を潜る前に路上で藤助に逢えぬだろうかと、自然と歩みが遅くなったが望みは叶えられなかった。

垣根の笹がサラサラと風にそよいでいた。角地にある林家の背戸の方から右回りに歩いて行くと、門より五間ほど手前で、笹の間に僅かな隙間を見つけた。吉は恐る恐る顔を近づけた。

庭の中央に配置された飛石が見えた。奥の方には黄色に色づいた夏みかんが、深緑の中で冬の陽射しに反射して光っている。漁師の彼女の家とは違って、農家の庭は一般的に広い造りになっていた。

何かを叩《はた》くような物音が聞こえて、吉は頭をずらした。母屋の縁側近くに視線を移して、思わず「あっ」と声を洩らしそうになった。

姉さん被りをした若い女がいるのだ。女は濃い藍色の絣《かすり》を着て、赤い襷《たすき》をかけていた。竿に通した半纏《はんてん》を引っ張ったり叩いたりして皺《しわ》を伸ばしている。藤助には妹はいない。明らかに女房なのだ。顔色を変えた吉には、変哲もない日常の後ろ姿がいやに神々しく見えた。

竹籠から洗い物を取り出した時、女が向きを変えた。吉は一瞬息を呑み、此方向きになった女の顔を食い入るように眺めた。自分より二歳ほど若いだろう。女は、色白でふっくらとした頬をしていた。生き生きとした表情からして、満ち足りた生活を送っていると思われた。

吉は足元から奈落の底に落ちて行く気がした。

女が空の籠を持ち上げ、飛石を辿って母屋の方に歩き出したので、吉は足音を気にしながら垣根を離れた。

長く続いた日照りで、白く乾いた路上が底無し沼に感じられた。

(こういう事態を、何故想像しなかったのだろう……)

——間抜けた我が身の行動。

路上で藤助に出逢うことが、今は何より恐ろしかった。一刻も早く遠くに立ち去りたい。顔を伏せ、吉は走るように進んだ。

傲慢さと浅ましさが、体中を駆け巡っていた。厚顔無恥な我が身を痛みつけても、まだ収まらない気がする。吉は右手の拳で、自らの頭を思い切り何度も叩いた。

家に辿り着いた時は夜だった。何処をどう歩いてきたか記憶になかった。朝から何も口にしていなかったが、空腹は感じなかった。

「はぁーい、少しお待ちを……」

表戸の開く音に、村人と思ったのか、暖簾の奥の方から母の声がした。

「吉、お前……」

下駄を鳴らしながら出て来た母は、憔悴した娘の姿に息を呑んだ。

「お前をそんなに苦しませて……、お母さん悪いこと言ったね」

痞《つか》えながら言う母は、朝のことを気にしていた。

吉は虚ろな瞳で、勘違いする相手に笑いかけた。

「ありがとう、許してくれるのかえ」

被った手拭いの下の髪は乱れているのに、それに気づかず、母親は安堵して、娘の手を握りしめた。

「お母さん、私、あの話受けることにするわ」

口元を緩め、自嘲的な口調で言う娘の顔を、母は驚きの表情で見つめた。

「えっ？　だってお前、気にくわないのじゃなかったのかえ」

吉は首を横に振った。

「今の私には、身の丈に合ったお話だということに気づいたえ」

少しずつ頬を緩める母親の顔を、吉は他人を見るような眼差しで眺めた。女は三界に家なしという実感が、ぐるぐると彼女の体内を駆け巡っていた。

試婚《ためしこん》

明治四十三年が明け、春が巡ってきて、吉は島田家の嫁になった。二十三歳の嫁入りは、期待も希望もなく、嫁ぐ女にとっても限界かも知れなかった。

母親は、やはりこの時も占いに拘った。

――親よりも高い暮らしをする。

お告げ女の口から出たインチキまがいの言葉を真に受けて、母親は嬉々として、娘を送り出した。けれど、「試婚」の風習のある地方での嫁の身分は驚くほど低く、吉は籍にも入らないまま、家族の誰よりも早く起きて働き、誰よりも遅く床につく生活を強いられた。

「私の普段着を、一週間で縫っておくれでないか」

そう言って姑は、絣の反物をよこしたけれど、着物を縫うだけの余分な時間は与えられなかった。慣れない野良仕事で、体はくたくたに疲れてしまう。家族の者が寝静まった夜半、頼りにするランプの明かりの芯は細く、捗《はかど》らない苛立ちに、吉は娘時代に生きがいですらあった針仕事にも苦痛を感じ出した。

隣の夫は、口を少し開け、日灼けした額に皺を寄せて眠り込んでいる。もうすぐ四十にも手の届く男に、今まで嫁が来なかった筈がない。誰一人としておくびにも出さないけれど、吉は己の生活に重ねて、逃げ帰った女達を想像した。

もう少し思い遣りがあってもいいではないかと、眠り惚ける夫の顔を、険のある尖った視線で見ていると、身の丈に合った相手と選んだ男が、くだらない残り物に見えてきた。少しずつ愛着を増すべき家も、籍に入らない「試婚」の身分のままでは、日々苦痛が増してきている。

嫁ぎ先が山腹にあるため、川口近くにある実家のように、大水が出て逃げる心配はないけれど、水は下の田圃の脇にある井戸までの四分余りの距離を歩いて汲みに行かなければならない。母屋の庭先に井戸がある実家の生活に馴染んできた吉には、風呂を沸かすにも重労働だった。不揃いな石段を積み重ねた坂道を、水桶を肩に担いで登りながら、親より高い暮らしをするというのは、山腹の地形のことなのかと、吉はお告げ女の占いを推し量ってみた。

身を粉にして働いても、子を産まなければ、家を出なければならぬ定めである。けれど選ぶ権利は此方にもあってよい。これが母の拘る人様に笑われない女の生活ならば、続かなくてもよいと思う。逃げ帰る家はないにしても、都会に出て行けば、何をしてでも我が身一人の食い扶持《ぶち》ぐらいはどうにでもなろう、と心で抵抗するものの、やはり世間体が未練のない生活を縛っていた。

吉は軒下に吊るした麻袋に手を伸ばした。底をさらって雑魚を掴み、数を数えて鍋に入れる。大きな雑魚なので一人五匹と決めている。毎日、野菜ばかりの菜でけ、流石に気が滅入る。雑魚は、出汁をとり残し、柔らかくなったところで、黒砂糖と醤油でからめて皿に盛る。夫は喜んで食べるが、それが間もなく底をつく。実家で毎日食べていた魚を、婚家では買い求めることはなかった。雑魚は嫁入りの時に持参したものである。

(夫があの歳まで独身でいたのはこのことか……)

内に入って見えてきた現実に、吉はまた大きな吐息をついた。

財布を握らせない姑に拘りながら、隠し持っている金に手をつけようとしたことが何度かあった。が、あの態度は何も買うなということだと解釈して、吉はなんとか今日まで思いとどまってきた。

生け捕りにした蝗《いなご》を中一日おいて糞を出させ、佃煮にして食卓に出す。郷に入っては郷に従えと言うけれど、このような粗末な食事と、虐げられた生活をいつまでも続けるわけにはいかないという思いが、吉の心にふつふつと湧き上がってきた。

田植えが終わって農閑期に入った今を逃しては、また一年悔やむことになる。自分の力で収入を得なければ、どんなに働いても、二人と対等に向き合えない気もする。腰の曲がった姑も、嫁が来た途端に働けなくなるわけではあるまい。吉にとって針仕事は生き甲斐であったし、息詰まるような生活に、光が見えてくるに違いない。いや、何よりも一番に、吉は自由にできる金が欲しい。息子に対する視線とは明らかに違う冷やかな眼差しを向けてくる姑に、財布を握らせて欲しいと言えるわけがないし、吉も言いたくはなかった。

「昼までは家のことをやりますから、午後からは私に時間を下さい」

夕食後、板の間に寝転んでいた夫は、吉の改まった言い方に、物憂そうな顔を向けてきた。

「時間をくれって、どういうことよ」

「裁縫をやりたいと思います」

「新しい着物が欲しいというのか」

「私の分は、この先十年買わずとも大丈夫です。そうではなく、賃仕事としてやりたいのえ」

「えっ？」

目を丸くして起き上がってきた夫に、吉の方が驚かされた。

「大丈夫かよ、吉。失敗したら、反物は自腹だというじゃないか。おっかさんが、お前のこと、大したことねえと言っていたぞ」

着物もろくに縫えない姑が、どういう心理で言ったのか。あんたの針仕事は財産やと言ってくれた愛しい男のことと思い合わせて、吉は少し涙ぐんだ。しかし、今は姑の心底を推し量るより、現実を打開したい気持ちの方が強い。

「お義母さんの見方はそうかも知れませんけど、世間の人は、私のことを大した腕だと言いますえ。自信がなければ、こんなこと言えませんえ」

意表を突かれても、夫はなおも猜疑の目を向けてくる。

「本当かよ、吉。稲も植わったことやし、時間的には余裕あるけどな……。でも仕事が貰えるのか？」

「娘時代に、やらせて貰っていた所へ伺えば貰える筈え」

「娘時代からやっていたのか……」

仲人が吉の腕前をきちっと伝えなかったとは思えない。夫が知らなかったという事実に愕然としながらも、気持ちを切り替えなければ、この島田の家では生きていけない気がする。

夫も母親の心の闇を覗いたようで、口元を引きつらせた。

「おっかさんには、わしから言っとく。まぁ、うんと儲けてくれよ」

漸く夫は笑顔を向けて来たが、まだ心配なのか、決して自腹を切ることのないようにと釘を刺した。

翌日の昼過ぎ、吉は町の呉服屋に出向いて行った。六月にしては強い陽射しの中を、彼女は解放された気分で駅までの道を歩いた。田植えが終わって五日ほどしか経っていない水田には、弱々しい苗が風にそよいでいる。人の姿は見られなかった。同じ嫁として肩身の狭い苦しみを味わうのなら、平地での生活の方がよかったと、毎日姿を変えていく田を、吉は心地よく眺めやった。

遠くから見れば景色はいいが、汽車に乗るのにも、一時間近く歩かなければ、最寄りの駅に出られない、竹林に囲まれた山の暮らしは、想像したより大変だった。「夏は涼しくて、気持ちよいだろうよ」と母は言っていたが、実際住んでみると、仰ぎ見た天界の狭さに気分も滅入る日が多かったし、六月の季節だというのに、胴体の黒い大きな藪蚊に刺されて、吉の皮膚はいたるところが赤く腫れあがっていて、この先、涼しさどころではないような気がする。

南新町《みなみしんまち》の呉服屋には午後の三時前に着いた。歩きと汽車とで二時間少しかかった。二人の客の相手をしている主人を丸椅子に座って待ちながら、吉は故郷に戻ったような安らいだ感覚で店内を見回した。汗ばんだ体に、コンクリートの床を抜ける微風が心地よい。

店先には、柄の大きな夏の浴衣が、衣紋掛にかけてある。上等な正絹の着物は、羽織と一緒に奥の畳を敷いた台の上に飾ってある。嫁ぐ前に訪ねて来た二月の店内とは違って、夏の柄には賑やかな華やかさがあった。

「あんたさんのような腕前の人は、滅多におらんで、うちとしても大助かりや。家紋の入った反物は、頼む方も苦労しますのや」

客の去った後の店内で、四か月振りに顔を見せた吉に、主人は座敷に上がるように言い、奥から留袖用の反物を五つ抱えて来ると、畳の上に一つ一つ広げて見せてくれた。扇、紅葉、菊、鶴、銀杏、駒などの絵柄の中に、少しの刺繍が入り、どれもが黒と調和して美しく、吉は久し振りに胸の高鳴りを感じながら目を輝かせた。留袖は一割増しの代金にもなる。

「少し、お痩せになりましたかね」

反物を巻き戻しながら、新婚の初々しさなど微塵もない顔に視線をあてて言われると、自分でも意識している面窶《おもやつ》れを指摘されたようで、吉は目のやり場に困った。どんな言い訳をしようとも、嫁いでから仕事を貰いに来る身の上は、決して満たされているとは言えない。藤助との過去を知っている主人は、吉の表情から、幸福ではない今の生活を読み取ったのだろう。

「これも、自業自得だと思っております」

愚痴る気持ちなど微塵もなかったのに、娘時代から彼女の腕に一目置いてくれた主人だけに、寄り掛かれる気持ちが湧いてきたのか、吉は正直な心を口にした。

「世間体を気にしたばかりに、針の莚に座ることになりました。先のことなど考えず、一人で歩くことが出来なかったのかと考えたりします」

「お子が生まれると、また違ってきますよ」

主人は嫁いだ先の事情を呑み込んだようだったが、それには一切触れようとはせず、障りのないことを言った。

「子供が出来ずに、婚家を追い出されることにでもなれば、いっそさっぱりすると思う日さえあります。こんな私だと、夫も気の毒ですけど……」

「そうですか……、女の生活は男で大きく左右されますからの」

いくら相手が主人でも、もうこれ以上は口にはできない。吉は袂を引き上げ、潤んだ目に当てがって、洟《はな》をすすった。

「見苦しいことを、お聞かせしてしまいました」

「いやいや、私でよければ、いつでもどうぞ。口に出せば、いくらかでも楽になります」

「ありがとうございます。これからは針仕事をする間だけでも、嫌なことを忘れられます」

「これは、そう急がなくてもいいですからの」

主人はそう言い、五着分の反物を風呂敷に包んで預けてくれた。吉は深々と頭を下げて礼を言った後に、続けて仕事をさせて貰いたいことをお願いした。

「よろしいおますよ。うちとしても、専属になって貰いたいぐらいですから」

吉は過分な評価をいただいたと思った。

帰り着くと、家の中には不穏な空気が流れていた。恐らく自分のことが原因になっているのだろう。けれど、島田の家にとって、今日の自分の行動は決して悪いことではないと思うし、開き直れば、赤面するのは姑の方だという思いが吉の心にある。いくら「試婚」の間とて、一銭の金も与えてやらない姑は、人間としては失格である。

（気にすることはない。お義母さんは、私の存在そのものが疎ましいのだから……）

風呂敷を解いて、長持の中に反物をしまっていると、夫が部屋に入って来た。

「おっかさんがよ、言えば金はやるのにと言っていたよ」

吉の脇に座るなり、投げやりな言い方をして、夫は長持の側面を右手で軽く叩いた。

「わしのやり方が気に入らなければ、出て行けばいいんだってよ」

吉は、一瞬息を止めた。姑の心を知ったことも確かだが、これは母親の口を借りた男の言い分ではないかと、口元を歪めている夫の寄せ付けない表情の表れた顔を見つめた。

親が目に余る行動をしているならば、息子として諭すのは当然だろう。町まで仕事を貰いに出かけた女房に対し、こんなことしか言えない。そうやって、今まで何人の女が出て行ったのだろう。「そのうち、私もいなくなるかも知れません」と、言ってしまえたら、なんぼさっぱりすることか。

「人を苦しめたら、そのうち倍の苦しみを味わいますえ」

金銭的に目途がついた余裕の表情を浮かべた顔で言ってしまってから、吉は一瞬背筋がひやりとした。今まで親のせいにしてきたが、藤助と二人で将来を約束しておきながら、それを反故にしたのは自分自身に他ならないのだ。

（自分が苦しんだ以上に、相手を苦しめた。生意気なことを言える我が身ではない）

後に続く言葉を失ったのか、夫が立ち上がった。部屋から出て行く後ろ姿を憮然と見送りながら、吉は自身の身の上に、既に倍の苦しみが始まっていたことを感じていた。

出産

陣痛に耐えながら、吉は障子の桟を眺めていた。苦痛に頭がどうかしたのか、桟が時々陽炎《かげろう》のようにゆらゆらと揺らぐ。脂汗を浮かせながら耐え、子供の頃、母親が近所の人と話し合っていた記憶に縋っている。

——障子を見ていたら無事に子が産まれた。

自分を産んでくれた母親の言葉を、安産の暗示のように繰り返しながら、吉は障子の桟を眺め続ける。

「もうすぐ赤ん坊と対面出来ますえ。あと少しきばりなはれ」

五十代の産婆は、落ち着いた口調で言う。

吉にも赤ん坊の位置が下がったことが分かった。

午後の五時を知らせる草堂寺の鐘の音が鳴り始めた。愛がないのに子が生まれる現実。吉は、一か月前にやっと島田の籍に入った。彼女は、ますます出られない迷路に入り込んだ気分になりながらも、張り合いのない生活に光が見える気がした。

「お前の時と違って、清次の時は踵《かかと》がひび割れたのえ」

母親は、吉の踵もひび割れていることを認めて、男の子だと決め込んでいる。生まれてくる子は島田の家の跡取りというよりも、まずは自分の子であった。他人と暮らす生活の中で、子は唯一、吉の味方になってくれるに違いない。

(早く、出てきて欲しい……)

二十分後、大きな産声を聞いて涙が零《こぼ》れた。

「元気のいい男の子でっせ。これであんたさんも、大威張りや」

産婆の弾んだ息が、吉の腹をくすぐる。一瞬、体が浮き上がったような満足感と安らぎを感じた。吉は深呼吸を繰り返しながら、緩く目を閉じた。何の脈絡もなく、煩悩という言葉が頭に浮かび上がり、先程聞いた鐘の音が、揺り返しのように蘇ってきた。

「五体、どこも悪いとこおへん」

(無事に産まれてよかった……)

先程までの苦しみが、全て帳消しになった気がした。

「ほれ、見てみなはれ」

産湯を使う前に、産婆が赤ん坊を目前にかかげて見せてくれる。吉は少しだけ頭をもたげた。堅く閉じた指の先にセロハンのような、か細い爪が見える。しっかり閉じた瞼《まぶた》が膨れ上がっているけれど、ちゃんとした人間の形。腹を蹴っていた時とは違う愛おしさと、誇らしさが込み上げてきた。

一か月後、武雄と名づけた赤ん坊を抱いて、吉は実家を後にした。

大正元年が去り、新しい年を迎えて二十日ほどが過ぎていたが、一月にしては暖かい陽射しが降り注いでいた。高瀬川は、干潮と重なって流れを速めて輝いている。両岸には、野焼きを明日に控えた枯れ草が鈍い光を放ち、立ち枯れた薄が、海からの風にからからと乾いた音をたてていた。所々に青々とした蓬《よもぎ》が顔を出している。新鮮な命の息吹が清々しい。

二時間ほどの道のりを、着替えなどの入った行李《こうり》を背負って、母が婚家まで送ってくれるという。正月を跨いでこの一か月の間に、夫がたった一度来ただけで、姑が吉の許を訪ねることはついになかった。

重い荷物を背負って吉の右側を歩く母は、自らが勧めて嫁に出しただけに、連れ合いが出迎えない非常識を全く愚痴らなかった。その母に気を遣いながらも、吉は束の間足を止め、暫くは見られなくなる高瀬川の水の流れに目をやって、これからも続くであろう姑との確執を思った。これは世間にはよくあることで、望まない結婚を決意した時の心情を思うと、比較にならないほど他愛もないことかも知れない。

日照りが続いて、水嵩は減っているものの、娘時代から眺め続けてきた高瀬川は、流れも景色も全く変わっていないように思われた。水は飲めるほどに清らかに澄み切っている。

ふと、吸い込まれるような錯覚に深呼吸した時、産婆の言ってくれた、「これで、あんたさんも、大威張りや」という声が、水の底から聞こえてきたような気がした。

「気が強いとこが、お前の長所でもあり、短所でもあるけど、島田の家に根を下ろす限りは、奉公に上がった気持ちで、姑さんに仕えなはれ。家も田圃も、働いて手に入れるとなると大変な苦労え」

いずれ財産を譲り受ける限りは、姑に気を遣って当たり前だし、舅がいない分だけ楽な身の上だと、吉の心を覗いたように母は言う。京都のお屋敷に奉公に上がった後、故郷に戻り父と結婚した母は、祖父母に仕えたけれど、漁師の生活はそれなりに潤っていて、母はあまり苦労をしなくて済んだように聞いている。

「お母さん、心配しなくていいえ。我慢できる張りがあるのえ」

足を運ぶ度に揺れる振動をもろともせず、武雄はすやすやと眠り続けている。川面から視線を外すと、一歩踏み出す前に、我が子を少し持ち上げ、吉は過去を振り切るように、母に向かってにこやかに笑って見せた。


台所に下りてきた姑の足音に気づくと、言うべきことは言っておこうと、吉は包丁の手を止め、顔を上げて振り向いた。

「先日お願い致しましたけど、今日は父の七回忌の法要がありますので、実家の方へ行かせていただきます」

「ああ、分かっているよ。久し振りにゆっくりしておいでよ」

姑は起きぬけの物憂い表情で頷くと、一呼吸おいて訊き返してきた。

「それで、武雄は連れて行くのかえ」

「ええ、その積もりですけど……」

母に逢うのも、四月に端午の節句の鯉のぼりを届けに来た時以来である。歩いて二時間ほどの距離にいながら、五か月も逢っていない。田植えが済めば、少しは野良仕事にも余裕ができるのだけれども、遠慮が先に立ち、吉は実家に足を向けることが出来ないでいた。弟の清次はまだ一人身でいるので、きっと母は初孫の顔を見るのを楽しみにしているだろう。

「じっとしておれない子には、苦痛だろうけど、そうするといいよ」

嫌みの一つも言うかと思ったが、姑は意外にもすんなり吉の里行きを許してくれた。父親の法要に、子と一緒に出掛けて何が悪いだろう。しかし、姑の表情に救われた思いがし、吉はてきぱきと残りの野菜を刻み始めた。

掃除と洗濯を終え、家を出たのは八時を少し回った時刻だった。予測していた通り、姑は一銭の金も寄越さなかった。けれど、彼女には寧《むし》ろその方が気楽であった。出し惜しむ人からの香典では、父も母も悲しむだろう。

母は何もかも承知しているのだ。無理をしては却って心配をかけるだけと思うと、金銭の多寡は気にしなくてよいように思え、吉は仕立で稼いだ僅かな金を香典袋に収めた。

九月に入っても、まだ濃い陽射しが続いている。早く歩かなければ幼子が堪えるだけと、日よけの手拭いを武雄の頭にも被せ、吉は山の陰づたいに足を早めた。

一時間も歩くと、汗ばんだ着物が子とともに背中にへばりついてきた。徐々にむずからなくなってきたことから、武雄の負担も思いやられた。連れて行くのかと問うたのは、こういう事態を案じたのかと、姑の言葉をすぐに嫌みにとってしまう自分を、吉はこの時ばかりは反省した。

実家の表戸を開けた。縁側から入り込む南風が、打ち水の跡が残る土間の上を緩く流れ、麻の暖簾を揺らしている。

「まぁ、随分早いじゃないか」

前掛けをした母が、目を丸くして台所から駆け出して来た。

吉は生き返った思いがした。娘の苦労を知っている母は、頬がこけて日灼けした顔に目をとめ、横になって少し休めと言った。吉はおぶい紐を解いて武雄を母に預けると、頭の手拭いで首の汗を拭った。

「重くなったね」

人見知りの強い子が、母に抱かれても泣きもせずニコニコしている。

「頬のあたりはお前に似ていると思うけど、一体この子は誰に似たのかねえ？」

彫りの深い顔立ちは、西洋人との混血のように見える。

「お母さん、火は大丈夫なの？」

吉が訊くと、あっと声を出して武雄をわたし、母は慌てて台所に戻って行った。

吉は上がり框《かまち》に座り、胸をはだけ乳首を含ませた。汗をかいた割には吸う力が弱いと思ううちに、弾力のある胸にあてがっていた手が次第に下に垂れ、武雄はすぐに寝息をたて始めた。

娘時代に使っていた二階の四畳半の部屋に、武雄を寝かせた。それから階下に下り、台所で手を洗い、口を漱《すす》いだ。

母の言葉に甘える前に挨拶だけはと、仏間に入った。狭い家の割には、眩しいほどの金箔を施した立派な仏壇が、八畳の部屋で床の間と二分した形で配置されている。父は占いに拘る人だったけれど、仏壇にもその拘りを示した。漁師という危険な海上での生業では、神や仏に縋《すが》るのは当然だろうが、先祖をおろそかにしては家が廃れると仏壇を大切にした。華瓶《けびょう》の花は瑞々しかった。甘党だった父に相応しい大きな饅頭が供えられている。吉は正座して線香をあげ、鉦を鳴らした。位牌の脇には写真が飾ってある。

「仏壇は家と同じで、立派な仏壇に住めばあの世の霊も鼻が高いんだよ」

などと、生前よく言っていたことを思い出しながら、写真の父に掌を合わせ目を瞑った。

「あの子は寝たのかえ？」

母が父に供える料理を運んで来たので、席を譲った。ろうそくを灯し、鉦を鳴らす所作一つにも、母の染みついた習慣が滲み出ている。

「人生、先は分からないと言うけど……」

母が吉の方に体を向けた。

また悔やみごとを聞くのかと、吉も膝をずらし母と向かい合った。

「あの人が、死んだっていうじゃないか」

「あの人って？」

唐突な物言いに、吉は笑いながら首をかしげた。

「かつてのお前の恋人だよ。お前は知らなかったのかえ？」

吉は、息の根が止まるほどの衝撃を受けた。有夫の身でありながら、自然に震え出す指先を固く握りしめてどうにか持ち堪えたが、引きつった顔の表情は隠しようがなかった。

「お前は私達を恨んだかも知れないが、お父さんの判断は、やはり正しかったんだよ」

吉の動揺に目を瞠《みは》って驚いていた母は、やがて仏の妻の顔に戻り、仏壇に躙《にじ》り寄ると、まだ半分も燃えていない線香の脇に、新しい線香を立てた。

「いくら心の通い合った者同士でも、結果がこうじゃ、目も当てられないじゃないか。結核だってねえ。男の子が生まれて、まだ五十日ほどしか経たないというじゃないか。間違えば、お前の身に起こったことだよ」

　仏壇に向かって掌を合わせて拝んだ後、母は含みのある眼差しを向けてきた。泣こうが喚こうが、お前の不運はこれよりましだと、娘に苦汁を飲ませてまで、我を通した過去の決断を、今度は勝利者の決断にすり替えているように見えた。

「子は貰い乳で育っているらしいよ。お前、どういうことか分かるか。私はねえ、女房も同じ病気だと思うのえ」

　自らの保身を優先させ、他人の不幸を思い遣る心をなくしている母の顔を、吉は涙の浮かんでくる目で眺めた。母はそれだけ苦しんだと言えなくもないが、余りにもさばさばとした物言いに接して、吉は堪らず彼女が早く仏間から出て行くことを願った。

　二階の部屋に戻ると、道中でかいた汗がまだ髪に残った状態で、武雄は死んだように眠っている。背中に負って、往復四時間の道行きは堪える。子の為にも一晩泊まろうと吉は決心した。そうすれば藤助の墓参りだって出来よう。

　台所に行って母にそのことを伝えたが、墓参りの事は言いそびれた。家を空ければ、母はおのずと気づくに違いなかった。

「お前も、たまには息抜きぐらいすればいいさ」

　良かった、というように鍋の縁を杓文字《しゃもじ》で叩いて、孫とゆっくり出来る喜びを母は素直に表現した。

台所を手伝わない詫びを言って、二階に上がった。開け放した窓からは、簾を通して稲穂の揺れる音が微かにしていた。

吉は無意識のうちに、子の寝ている傍に座り両手をついた。虚ろな瞳が子の顔に注がれているが、何も捉えないままである。体の芯をなくしたような感覚で、深呼吸を繰り返した。男の死を受け入れたくないのに、黄泉《よみ》の世界に行ってしまった藤助の顔が、振り払っても、振り払っても、次々と頭に浮かんでくる。

吉は足元から少しずつ深い沼の中に沈んでいくような感覚に陥った。藤助の死んだ日に、自分は一体何をしていたのだろう。生活が生活だけに、喜んでいたとは思えないが、笑顔で武雄に語りかけていたことはあり得るだろう。涙一つ零さないで、笑っている自分。知らないとはいえ、恐ろしく薄情な女……。

過去を振り返る時、幾度となく浮かんできた情景がまた浮かび上がってきた。初めて声をかけられた葦の茂る川原の情景である。家から近い場所にありながらも、結婚してからは一度も訪れることをしなかった。が、幼い頃から慣れ親しんだ場所である。その場所で彼と出逢った。海に沈む直前の夕陽が長く尾をひいて、釣竿を持っている男の顔を紅く染めていた。

あれから六年の歳月しか経っていないのだ。若さに溢れていた藤助の死。魂は死に際して、親しい人に別れを告げに来ると聞いたことがあったが、吉は一度として藤助の夢を見たことがなかった。

夫は今年で四十一歳になる。愛があれば年齢の差など気にならないだろうが、十四も違えば対話も噛み合わないことが多い。姑の態度を見て見ぬ振りをする男とは、愛など育つ筈もなかった。子が産まれてからは、武雄に夢中になり、藤助のことは忘れたように思っていたが、吉は二人で寄り掛かっていた崖っぷちの柵から、彼女一人だけを残して、藤助が谷底に落下していった気がした。

「お前、体の調子が悪いんじゃないか？　顔がむくんでいるよ」

午後二時から始まる父の法要に来た叔父に会うと、叔父は武雄をあやすよりも、吉ばかりに視線を注いで、潮灼けした顔面を曇らせた。心配そうな瞳に、本心を見透かされたとは思えないが、結婚式以来会っていない相手にさえ判る状態に、吉は母と視線を合わすことが出来ないでいた。

時間が来て住職が仏壇の前に座った。母は親戚と漁師仲間の客人を十人招いていた。吉は武雄を膝の上に載せて、末席の位置についた。

「何遠慮しているの、娘のあんたが……」

父といつも一緒に漁をしていた男が、呆れた顔を向けてきた。吉は苦笑して首を横に振った。前列に座れば、じっとしておれない武雄が末席に座る以上に迷惑をかけると、理解してくれれば救われるが、自分ほど父からほど遠い気持ちで座っている者は、ここにはいないだろう。末席こそが彼女に相応しい席であった。

読経が始まった。意味の分からない経文であるが、抑揚のある低い声が、太鼓の響きのように心に響き出した。武雄はおとなしくしている。おかげで心が少しずつ静まり出した。活力が満ちてくる。藤助のことを心の脇の方におしやり、吉は漸く大漁に喜んでいた若い頃の父をありありと思い出した。

（お父さん、堪忍え……）

吉は心で詫びながら、仏壇の写真に目を移した。写真館に行って撮った日灼けした顔は、穏やかな寛いだ笑顔で語りかけている。母が一番好きだった写真であろう。

吉は子供の頃の情景を思い出した。弟と一緒に父に連れられて三人で磯に貝を採りに行った日の情景である。海に潜ったまままいつまでも顔を出さないので、溺れてしまったのではないかと心配したが、父の息は人よりも長く、「くろべ」や「ながれこ」を小さな笊いっぱいにして、二人がいる岩の上に上がってきた。

「お父さん、すごい」

吉達は歓声をあげた。

肉体労働で鍛えあげられた三十代後半の若い父は、子供の吉から見ても逞しく美しかった。体を横にして、右手を前方に突き出し、左手を後ろに漕ぐ、見たこともない泳ぎ方を訊くと、横泳ぎだと教えてくれた。

四十分ほどで読経が終わった。

「どうもありがとうございました」

母は膝の手を畳につき、向き直った恰幅のいい住職に深々と頭を下げた。

途中であやしあやししたけれど、幸い武雄はむずからなかった。

二時間ほどで法要も無事に済んだ。客が引き上げ、精進料理を出した後の食べ残しの殆んどない座敷の片付けを手伝った後、都合よく両手を広げてきた母に武雄を託した。

「ちょっと、私、友達の所に出かけてきます」

母は窓際に行きたがる武雄を引き寄せると、浮かしかけた腰を落とし、問い糺《ただ》すような視線を向けてきた。

「お前……」

悟られることは覚悟はしていたが、やはり墓に参るとは言いづらい。

「女友達の所え。七時過ぎには戻れますえ。その間、武雄をお願いします」

顔を背けたままそう言い、逃れるように背中を向けた吉の嘘を見破りながら、母は何も言い返さなかった。

心は急くのに、見られている手前、表に出るまでは忙《せわ》しない歩き方はしたくなかった。

下駄はやめ、土間の脇にあった筍《たけのこ》の皮を織り込んだ丈夫な藁草履を履き、早足で荒くなった息を継ぎながら、吉は婚家とは正反対にある山沿いの道を進んで行った。藤助に連れられて行ったことが一度だけある、村のはずれの小高い丘の上にある林家の墓地に着いたのは、午後の六時過ぎだった。

既に、夕陽が西山の稜線近くに迫っていた。誰もいない墓地は気味の悪い静寂さがあり、かなり薄暗い。大木のおかげで昼間でも陽が射さず、花が枯れにくいのだと藤助が言っていたことを思い出しながら中に入った。

不揃いな墓石の中央の通りは、比較的広い空間が開けている。砂交じりの土の上を、記憶のままに向かう。が、見覚えのある場所の近くまで来て、思わず足が竦んでしまった。

土が盛り上がっている。ぶるぶると震え出した体を深呼吸をして静めると、吉は何かに憑かれたように、そろそろと近づいた。

墓石が濡れている。しっとりとした濡れ具合から、自分の直前に参った人がいるのだ。吉は脅えたように、大木の辺りを見回した。墓石の陰にも人のいないことを確認すると、線香の燃えかすの前に屈み込んだ。

「すみません、すみません……」

両掌を合わせると、詫びる言葉が涙よりも先に口を突いて出た。吉は今日まで知らなかったことを詫び、初めて墓に参ったことを詫び、死んだ日の自分の行動を詫び、一方的に婚約を破棄したことを詫びた。

藤助と出逢わなければ、夫との生活も、嫁とはこんなものだと諦め、自我を殺して生きながら、不満足な現実に抵抗すら感じなかったかも知れない。親の決めたままに結ばれる男女が多い中で、藤助は人を愛する喜びを彼女に教えてくれた。その代償に、茨の道の人生を与えられたかも知れないが、ピカッと光った一瞬は、意義のあることであったろうし、吉にはかけがえのない宝であった。この六年間、彼女はそれを支えに生きてきた。

人懐っこい笑顔を向けて来た男は、もはや何も語りかけて来ない。が、我が心も、現在の生活も、何もかも見透かしているのだ、と吉には思えてきた。身を引き裂くような苦悩、後悔している自分、まだ藤助を愛している自分、不幸な現在の生活を、罰を受けたのだと納得しようとしている自分、それら全てを、相手が知っていると思うことで、心が次第に落ち着きを取り戻してきた。漸く吉は、心から藤助の冥福を祈った。

墓地を出て、丘の上から太陽の沈む西山に目をやると、夕陽は頭を残すだけであった。早足に歩いても、途中で日が暮れてしまう。一軒の家もない狭隘《きょうあい》の道は、暗くなる前に通り過ぎたい。吉は、丈の短い草で覆われている坂道を急ぎ足で駆け下りた。

汗の滲み出た顔を、頭に被った手拭いを外して拭い、最初の家の近くまで来た時、角から突然女が現れた。気力のないように見える姿に、吉は幽霊に出逢ったかのようにびっくりした。道は墓地に通じる一本道であるので、これから彼女が向かう先は自ずから判る。

三十歩ほど先から、こちらに向かってやって来る女は、髪を後ろで束ねていて、寝巻きのような浴衣を着ている。弱々しくゆっくり歩く姿からして、歩くことにも体力が要るように見えた。昼間ならともかく、こんな時間から一人で不気味な墓地に行くなど、よほど勇気がいる。吉はふと好奇心に駆られて足を緩めた。

二人の距離が間近になった。吉は心持ち下を向いたままで、通り過ぎようとする女に合わせて目線を下げ、青い血管が透けて見える手首のように細い藁草履の上の足首に息を呑んだ。女は顔色が透けるように白く、落ち窪んだ眼をしていた。

「今日も暑かったですね」

昼夜に関係のない挨拶をして、吉は軽く頭を下げた。

二人がすれ違うには、充分な道の広さなのに、相手は無言のまま、必要以上に端に寄って、軽く頭を下げ吉に道を譲った。吉は恐縮して、更に頭を下げた。

――あっ、あの人だ！

通り過ぎてから、吉は三年前に見た姉さん被りをした女の顔を、ありありと思い出した。目の下の泣き黒子《ぼくろ》を覚えていなければ、見間違えたかも知れないが、かつて神々しくさえ見えた藤助の女房に違いなかった。

(何という窶《やつ》れようだろう……)

どうやら女房は、人が怖がる宵近くなって墓参りをしているらしかった。近隣の人達に自分達家族がどんな目で見られているか、彼女は自覚しているのだろう。

「結核だってねえ。男の子が生まれて、まだ五十日ほどしか経たないというじゃないか。

間違えば、お前の身に起こったことだよ」

必要以上に道端に寄った彼女の姿を思い浮かべながら、母の言葉がぐるぐると体中を駆け巡っていた。愛しい武雄が、同じような境遇に陥ったらと考えて、吉は身震いがした。昼間は軽蔑の念しか抱かなかった母の言葉が、今は身内を思い遣る愛情に感じられた。

（泣きごとは、二度と言うまい……）

生まれて五十日ほどの赤子を抱えて、己の死を見つめて生きる女房の苦悩を目の当たりにしては、吉の不満など小さな溜息でしかなかった。墓の前で、藤助に語りかけた先程の行為が恥ずかしかった。

（私でなくて、よかった……）

確固たる観念が、荒い呼吸の底から突き上げてきた。それは自分の選択した人生を、肯定することでもあった。結婚は愛も希望もなく、世間体を気にして嫁いだだけだったけれど、武雄に対するように夫に接していたら、夫婦の間もまた違った形になっていたかも知れない。今の今まで、吉はそれを認めようとしなかったのだ。夫との愛を育てようとしたことがあったろうか……。冷たくされても仕方のない生き方しか、島田の家ではやっていないと言っても過言ではなかった。

拘っていた藤助との絆を断ち切ろうと決心すると、夫に対して初めてすまないという気持ちが湧いてきた。暗くなった狭隘の道を武雄のもとへと辿りながら、今夜のうちにあの人の所に帰りたいと吉は心からそう思った。

異変

左乳房の下部に引き攣《つ》ける強い痛みを感じて、吉は坂の中途で足を止めた。涼しい四月の夕方だというのに、かく汗も多い。今日は体のことも考えず、欲張り過ぎた気がする。二十八歳で次の子を宿し、七か月の身重である体は、少し動けば息切れがする。だが、ここまで運んできた水を捨てるなど、勿体なくてとても出来やしない。狭い石段の上に水桶を置き、零《こぼ》れないように支えながら休むしかないのだ。

吉は腰を屈め水桶を下ろすと、肩から「おこ」を外した。身軽になった背筋を、ゆっくりと伸ばしてみる。浅い呼吸を繰り返すと、胸の痛みが少しずつ薄らいでいく。脂汗の滲んだ顔に、漸く安堵の表情が戻ってきた。

首筋に纏わりついた後れ毛を、坂下から吹き上がってきた風が揺らしていく。誰も代わってくれない水汲みに意地を張り、気負って担ぐが、五往復目となると流石に堪えた。

(腹の子の為にも、もっと養生しなければ……)

今度は思いっきり深呼吸をし、吉は竹林の視界を遮るように、緩く目を閉じた。母屋の脇に井戸がある実家と比べ、つくづく高台の生活の不便さが嘆かわしい。青竹の風流など、住む人間には関係ないと吉には思える。

五分ほど休んで、再び水桶を担ぎあげた。が、歩き出すと、また胸の痛みが少しずつ増してくる。姑と張り合おうとする愚行を、身重の体が拒否している。老婆の我儘《わがまま》としか言いようがないと思いあたると、応えようとした自身が、この上なく滑稽に思えてきた。

吉は、今度は荒っぽく石段に水桶を置いた。湧き上がって来た姑に対する憤りは、零れた水が勿体ないと感じなくしている。

(今の自分は、姑の六十代の体と大差ない)

吉は竹藪に向かって、胸の内を声に出して投げつけてみる。

「あんたが、汲んだらいいのんえ！」

声に出すと、いくらかすっとする。

――真っさらなお湯に入りたい。

朝餉の膳で、きっぱりと言い切った姑。明日は舅の三十三回忌なので、新しい湯の風呂に入り、清めた体で朝を迎えたいらしい。

水汲みは嫁の仕事と決まっている。目立つ腹の吉は、救いを求めるように夫の顔を見たが、一郎は眉一つ動かさない。

島田の家だけでなく、高台の住民には新しい湯など考えも及ばない。湯は汲み出した分だけ水を継ぎ足していく。茶碗、箸、おてしょう（皿）も、湯呑一杯の水で清めて、自分の箱膳にしまう生活である。

夏場は用水路の水で行水をする。着物は水路の脇の一坪ほどの小屋で脱ぐ。深い水路の上は竹をかけて覆っているので、裸の体も外からは見えはしない。水汲みの大変さを皆が納得しているので、誰一人として不平など言う者はいない。

（自分の体を冒してまで、運ぶ必要はない）

手伝う者もいないのに、少しぐらい少なくても構やしないと開き直ると、勿体ない気持ちなど吹っ飛んでしまった。傾けた桶から水が流れ落ち、石段が鮮やかな色彩に変わっていく。

「白っぽい鞘《さや》が出ていますの」

不意に声をかけられた。足音も立てずに坂上から下りて来た女が、道を塞いでいる吉の脇を通り過ぎて行った。

女が挨拶代わりに言った言葉が、どういう意味なのか吉には全く判らなかった。殆どの人が口にする「水汲み大変ですの」を言わなかった女。藁草履を履いていたが、身なりからして農婦とは思えなかった。

吉は、気後れを抱いたまま、首だけを回して下りて行く女の後ろ姿を眺めた。午後の太陽が、石段に揺れ動く木漏れ陽を落としている中を、女は頻りに竹林に目をやり歩いて行く。胸の痛みで中断したけれど、いつもは一気に登ってしまう坂道である。働きづめの吉には、周りの風景に目をやる余裕などありはしない。

（あれは何だろう？）

近頃、夕方になると、物がよく見えなくなる。が、二間ほど先に、稲穂のような白っぽい鞘がある。女の言ったことはこのことかと、吉はようやく思い当たった。

「白い鞘のようなもの？」

その晩、既に長風呂に入り、寛いで夕餉の膳についていた夫と姑は、互いに目を合わせて、吉の話に驚愕の表情を露わにした。

「ええ、花のようにも見えますのえ」

吉は二人の表情を訝りながら、一郎の茶碗に粥をよそった。

「大変なことになった。竹藪が枯れるぞ」

吉は漸く自分の迂闊さに気づいた。

「花を見たのは何処や」

立ち上がった一郎は、怒りの表情に変わっていた。吉の疲れた体にも、徐々に緊張が漲ってきた。家族の者が気づかないのだから、花はまだ部分的にしか咲いていないに違いない。

「坂の中途の黒石の所え。でも女の人が……」

昼間、鞘が出ていると教えてくれた女は、坂上から下りて来たのである。上の方にも花が咲いているかも知れない。

最後まで言わないうちに、一郎が身を翻していた。月明かりでは確認することは難しいが、表戸を開けて出て行った一郎を追うように、吉も立ち上がった。

「あんたの目で、夜に何が見えるというのや。やめときなはれ」

険しい目付きで呼び止め、姑が顎をしゃくった。武雄が空になった茶碗を突き出している。

「さっさと、よそってやらんかいな」

吉は、仕方なく自分の席に座り直した。

「枯れるって、全部ですか？」

粥を掬《すく》い、おずおずと上目遣いに訊いてみる。

「竹は花が咲いて、その一生を終えると、むかし舅が言っていたの。七十年から百年ぐらいの寿命って記憶しているわ。わしも経験ないので分からん」

姑は沢庵をバリバリ噛みくだきながら、投げやりな言い方で応えてくる。

「寿命というものは、全てのものにあるんですね」

姑はそれには応えず、跡取りとして上座の膳にいる孫に微笑して話しかけた。

「たまには、美味しいもの、うんと食べたいのう」

烏賊《いか》の佃煮は、出来上がった着物を届けに行った帰りに町で買って来た。村には一軒の店もなかった。その時、生節《なまぶし》と、明日仏壇に供える高野豆腐と天婦羅も買った。生節はその日のうちに麦飯を炊いて食べたが、子供の頃から魚ばかりを食べてきた吉とは違って、山育ちの武雄は、生臭いのが口に合わないのか、あまり喜ばなかった。

「枯れると、竹は安う買い叩かれる。青いうちに出さんとあかん」

突然、姑の目の奥に険しい影が宿った。人を寄せ付けない彼女の眼差しは、いつも吉に向かって投げられてきた。が、今夜は違う。吉は落ち着かない気分のまま、虚空を睨みつけている姑にも粥をよそってから、決意の表れた唇を見つめた。

「まずは、人の目を誤魔化さんと……」

吉は目を瞠り、引き込まれて聞き返した。

「誤魔化すって？　どうすれば……」

「花が咲いては人は欺けん。鞘を切ってしまおうよ」

正面から吉を見つめ、手のひらを返したように、垣根を取り払った眼差しで、姑は手を差し伸べてきた。ついさっき迄、怨みに思っていたことも忘れ、吉は大きく頷きながら、膝を乗り出した。

「ええ」

「明日から、あんたにそれをやって貰う。ええな」

「はい」

「人の通らんうちに、坂道の側は早めにしての。朝飯など少しぐらい遅くなってもいい」

しかし、既に鞘が出ていることを知っている人間がいる。

（あの女は、この村の人ではない……）

昼間会った女のことは、今更口に出したところで仕方ない。吉は喉元まで出かかった言葉を呑み込んだ。

「分かりました」

けれど、朝は吉だけが、猫の手も借りたい忙しさである。その上、鞘のことまでするのかと、愛想のいい返事の裏で思う。

島田の家の者は、朝餉の支度が出来上がった頃に漸く起き出してくる。明朝の作業は七か月の身重の自分より、遅くまで寝ている夫を起こした方がいいに決まっている。

（何事も阿呆になって堪えることとえ）

ぎりぎりのところで、母の言葉が守護神のように浮かび上がってきた。気の強い自分が言うと、命取りになりかねないだろう。姑に懐いている武雄は、跡取りとして残り、「わしの言うことが聞けなければ……」と、吉だけが放り出されるのは火を見るよりも明らかだった。

来年で六十三歳を迎える姑。体力が衰えて、自分の思い通りにならない苛立ちにか、ますます口喧《やかま》しくなった。言い返せば、二倍三倍の怨みのような小言が返ってくるに違いなかった。

翌朝、吉はいつもより半時間早く寝床を離れた。火の消えた台所の土間に立つと、季節外れの底冷えが足元から肌を刺す。たちまち鳥肌が立ち上がった。襷《たすき》掛けの両腕には、首には手拭いを巻いて暖を取り、吉は寝不足の目を瞬たせる。

下腹部の迫り出してきた体がランプの光を受け、煤けた壁に不自然な形で大きく映っている。動く影は自分だけ。それが当然だとする世間の習わしに、つくづく女は損な生き物だと思う。

木蓋を開け、米櫃から八合の米を取り出した。釜に入れ、僅かな水で、麦の混ざらない米を押えつけながら研いでゆく。白い飯は何か月振りだろう。舅に供えると言えば、このくらいの贅沢は許されると思うし、早くから働く自身の口にも、褒美として入れてやりたい。

朝餉の支度の全てを仕上げてから、水を一杯だけ飲み、七時前に家を出た。仏壇の供え物も調えている。後は姑がやってくれることを期待するしかないが、お櫃に飯を移す前に、竹の皮に握り飯を二つ包んで、懐に入れてきた。嫁は働いて当たり前と考えている姑に対しては、こういうやり方で反抗していく。

昨日の胸の痛みをまだ引きずっている。体が重く、心も晴れない。甲高い百舌《もず》の鳴き声に、精神が苛ついてくる。満足な睡眠さえ取れれば、身重の体も少しは違う筈だが、それさえもままならない。

吉は黒石の所まで来て目を凝らした。

（これを全部刈り取らなければならないのか……）

白い鞘をつけた竹が、何本も生えている。吐息などついている場合ではない。

鞘を切り離した竹は、根元に縄を巻いて目印にした。新しい鎌なのに切り離すのに力がいる。人に見られないうちにと気は急くのに、作業はなかなか捗《はかど》らなかった。切れ味が悪いと思うのは、案外体調の所為《せい》かも知れなかった。

下腹部に力を入れて踏んばるので、下腹と両足が次第に突っ張ってきた。だんだん息をするのさえ苦しくなってくる。堪えて作業を続けた。今頃、暢気《のんき》に起き出しているであろう夫と姑とは何という落差だろう。

とうとう我慢できず、吉は鎌を投げ出した。太腿の引きつけは、息も出来ないほどの状態に陥ってしまった。座り込んだら楽になることは分かっているが、その動作さえままならない。一本の竹にしがみ付いたまま、身動き一つ出来ずに、暫くして吉は気を失った。

目を開けた時、幸い嘘のように楽になっていた。恐る恐る足を動かしてみる。腹も太腿も突っ張ってこない。先程のあの痛みは一体何だったのかと思いながらも、吉は安堵して再び緩く目を閉じた。

汗の浮かんだ顔面には、竹林の北風は却って気持ちよい。散り敷いた枯れ笹から、大地の息吹が伝わってくる。仕事のことなど全て忘れて、何事にも束縛されない、ゆったりとした時間。吉は大きく深呼吸をする。久し振りに全ての柵《しがらみ》から解き放たれた気がした。

やがて現実に引き戻され、こうしてはいられないと、体を起こしにかかった。その時、支えた右手の指先に痛みが走った。

(何だろう……)

目前に翳《かざ》して、息を呑んだ。人指し指が、爪の先で斜めに切れ落ちて血が流れている。指先に痛みなど感じていなかったのに、倒れた時、投げ出した鎌に手をついたと思われる。やはり鎌はよく切れたのだ。

(大切な指先を……)

取り返しのつかない悔しさと悲しみが、喉元に突き上げてきた。これでは、二度と着物を縫うことは出来まい。

「全部切り終えたのかい」

傷の手当てに戻った時、沢庵の匂いが残る板の間で、姑は後ろ向きの姿勢のまま、振り返りもせずに訊いた。足音で吉と判ったらしい。その口調に、朝から仕事をしてきた嫁への労わりなど微塵も感じられなかった。時間がかかり過ぎたと言わんばかりの、棘のある口調である。飯を口に運ぶ武雄でさえ、箱膳に目をやったままでいる。

手拭いを引き裂いて、巻いた布が血に染まっている。その手を懐に入れて隠し、吉は応えるのさえ忌々しかった。

「ええ、見える所は……。お義母さん、食事済んだんでしょう。ところで、一郎さんは？」

夫の姿が見えない。田圃に出かけたとは思えなかった。

「二人では目立つよってにの、一郎には行くなて言ったのよ」

苦痛に耐えて働いた吉には、この言い訳は通用しない。人目が気になると言うならば、夫一人にさせればいいではないか。大切な指先を失くして、抑えがたいぎりぎりの感情が込み上げてきた。言葉にしない分だけ、吉は激しい息遣いで姑を睨みつけた。

ふと、此方《こちら》を見ている脅えた視線に気づいて、はっとした。慌てて笑顔の表情になる。周りが目に入らず、丸まった姑の背中に、眦《まなじり》が張り裂けそうな視線を注いでいた自分……。五歳の武雄は、この母をどう感じただろう。いかなる場合でも、親である自分が、このように鬼のような恐ろしい形相を見せてはいけないのだ。

「お母ちゃん、怖い！」

案の定、武雄は見たままを口にした。

姑が初めて吉の方に顔を向けて、剣のある表情で眉を吊り上げた。

「嫁の癖に、不平を言うんじゃないよ。わしなど、お産の前日まで、田圃で働いたもんよ」

唐突な物言いは、吉の心を見透かした上で、嫁は働いて当たり前と言っている。「試婚」

の風習のある地方での夫の遅い結婚は、この姑のせいかも知れないと思えることを、今までに何度経験したろう。

「昨日から胸が引き攣って、ときどき息をするのさえ、苦しくなるのですえ」

苦しい言い訳である。それを察知してか、睨みつける姑の視線は揺るぎない。懐に入れた手が、痛む胸を押えているようにも見えなくもないが、堪り兼ねて吉が下を向いた。

ふんと、姑が鼻を鳴らした。出来のいい嫁であり、よく働く嫁であることを一番知っているのは彼女自身だろう。一郎には過ぎた嫁だと、親戚からも言われていた。悔しいけど、正直何もかもが自分を凌駕している。けれど負けず嫌いの性格は、それを認めようとはしないのだ。自分が出来やしない仕立の仕事も、目に入る家の中でやられるのは耐えがたい苦痛である。いつも神経が苛立ってくる。この五年余り、吉の針を持つ姿には、憎悪の眼差しを向けてきた。

「体がきついなら、縫うことなど止めてしまえばいい。わしは頼んだ覚えなどないぞ」

小学校も出ていないが、頭だけは切れる。姑は吉の心中を見事に見抜いていた。

「ええ、今後一切やめます」

姑は意外な表情を一瞬する。まさかこんな言葉が返ってくるとは思いもよらなかったようだ。自ら水を向けながら、正気かという眼差しで、姑は吉の豹変した穏やかな表情にじっと見入った。

「今言ったことに、二言はないの」

追い打ちの切り口上にも、吉は泰然と構えている。

「ええ、絶対に。だからこれからは、私にも毎月、少しはお金を下さい。時には町まで行って、菜など自由に求めたいと思います」

金のことが口に出来て、吉は我ながら驚いた。

「金と言っても、お前も知っての通り、うちは貧乏だからの……」

姑が床に片手をついて立ち上がった。やるとも、やらないとも言わず、吉の立っている土間の方にゆっくり歩み寄ってくる。板の間が高いので、返事を待つ吉は、執拗さが表れた顔を見上げる格好になった。目を細めて見下ろす腰の曲がった老婆が、偉丈夫のように見えた。簡単に財布の紐を緩めるとは思えなかった。

突然、奥の部屋で荒々しい物音がして、二人の逼迫した空気が揺らいだ。すぐに襖が勢いよく開いた。

「吉、やめる必要はない。仕立は、お前の生き甲斐やろ。お母ん、いいかげんにせんかい」

寝間着の前がはだけて、草臥《くたび》れた褌が露呈している姿で、夫が飛び出してきた。上下する肩が、いきり立つ心情を表している。息子に睨みつけられると、母親は意外な表情になった。漸く自分が批難されていることに気づくと、姑はいきなり手にしていた団扇で、框《かまち》の縁を叩きつけた。

「いいや、吉は仕立をする分だけ、他所の嫁よりよけ働かなあかんのや。黙っているけど、体がきつい筈や」

嫁としての務めをいつも強要してきた癖に、姑は耳を疑うような言い分で息子と対峙し、吉に親交を示してきた。

「金は毎月、少しはやるからの」

あかん、あかんと言いながら、夫が頑強に首を横に振る。

「けちなお母んの言うことなど、信用したらあかん。吉、後から泣きを見るぞ」

夫がこんな風に、妻である自分を庇ってくれたことなど今まで一度もなかったことだ。いつも、母親とべったりくっついていて、吉一人が島田の家では孤立していたのだ。父親と十代で死別してから、母と二人だけで生き抜いてきたのだから、自然な成り行きとも言えないことはないが、自分の留守の間に、この二人に何があったのだろうかと疑いながらも、目前の夫が別人のように見えた。

「いいえ」

吉は懐から見せる積もりのなかった右手を出した。先程までの怨みが、消えたわけではない。けれど真実を話すことで、初めて自分に味方してくれた一郎に応えたかった。

「さっき、転んで鎌で指先を少し切り落としてしまいましたのえ、もう仕立の仕事は出来ませんのえ」

一郎が大きく息を呑む。気丈な吉の涙声に、すぐにドタドタと近づいて、手首を掴み、べっとりと血の滲んだ指先を持ち上げた。

「怨んでいるやろ、わしを……。さぁ、ちゃんと手当てしよう」

「いいえ、私の不注意ですえ」

二の腕を掴んだまま、首を横に振る妻を、一郎は強引に板の間に引き上げた。吉は投げ出すように履物を脱いだ。男の力が、吉を奥の部屋に引っ張って行く。一郎は、自分の後ろめたさを、このような形で払拭したいのかも知れなかった。或いはまだ喧嘩の続きで、目の端で二人を睨みつけている母親に対する見せしめだったろうか。いずれにしろ、吉は一郎に愛の片鱗を感じた。

起き抜けの温もりの残る寝間の上に、二人は向かい合って座った。包帯がわりの布を外すと、すぐに血が滲んできた。

「止血には、これが一番や」

一郎は立ち上がると、棚の上の木箱を下ろし、半年前につくり置きしたもぐさを取り出した。どうやら、吉の傷の手当てをしてくれるらしい。

「行くんじゃない」

武雄を怒鳴りつけるいきり立った声が、板の間から聞こえてきた。だが眉一つ動かさず、吉は包み込むように、もぐさを傷に被せる夫の不器用な手元を見ていた。

「丁度ええあんばいやろ」

巻き方が少し緩いが、折角の夫の善意に水を差すことはない。

「ほれ、一発で止まったぞ」

吉は感謝の意を含めて大きく頷いてみせる。夫の言うように、布切れに血が滲んでこない。

「治ったら、また縫えるんやないのか」

吉の気持ちが揺らぐことはない。

「私の知る限り、あんたさんほどの腕の人は他にはいません」

呉服屋の主人からはそう言われ、いつも仕事をさせて貰ってきたのだ。それだけに、人並みの仕事の出来では、吉の矜持《きょうじ》が許さないのだ。

「いいえ」

姑に対しては勢いで言えたのに、捨てる覚悟が自然と顔に表れた。

「昼からは、預かった反物をお返しに上がらないといけません。幸いまだ鋏を入れてませんので、助かりましたえ」

早いに越したことはなかった。法事が終わったらすぐに行こうと思う。体がしんどいから、明日などとは言ってはおれないのだ。

「竹のことやけどな、上富田《かみとんだ》の学校が、来月には建て増しするというやろ。昼から竹を売り込みに行こうと考えとる」

視線を逸らして言う一郎の言葉は、今思いついた嫁との張り合いのようにも思われた。

「売れたら代金を三等分して、お前にもちゃんと分けてやる。当分はそれで凌げ。よかろう、そういうことで……」

吉は、自分には関わりのない気持ちで一郎の話を聞いた。俄《にわ》かに信ずることが出来ないのだ。さっきは、けちと言って母親を罵り、味方してくれたけれど、金に関しては、夫の言葉の裏に姑を意識しないではいられない。嫁いだ当初から、同じ血が一郎にも流れているという観念が、吉の頭から離れなかった。

「お義母さんが許す筈がないえ」

気を遣った吉の心情を、一郎がふんと鼻先で笑う。

「あいつも、嫁じゃ。お前にやる必要ないと言うなら、お母んにもやるかよ」

投げやりな言い方で、一郎は思いもしなかった言葉を返してきた。母親に対する腹いせか、或いは吉を喜ばせる積もりで言っているのか理解し難い。しかし、こういう心理状態では、今言ったことが、明日反故になってもおかしくはなかった。

「お義母さんと、何かあったんですか？」

気にかかることを訊いてみた。

「あったけど、心配せんでいい。わしがやるて言うてるんや」

吉に背を向けると、一郎は寝間の上に横になった。寺に参る時間が近づいている。そろそろ支度をしなければならなかった。どうやら父親の三十三回忌が、二人には気まずい朝となったようである。

——真っさらな、お湯に入りたい。

吉は、身を清めてこの日を迎えたがった姑の言葉を思い返していた。

進展

娘時代に使っていた四畳半の部屋で、吉は昼少し前に目を覚ました。隣に寝かせておいた赤子の布団が空になっている。母がまた貰い乳にでも連れて行ったのかと思いながら、ゆっくりと体を起こすと、彼女は手洗いに立った。

大正五年七月、生まれてきた子は女だった。武雄を産んだ時にはすぐに楽になった体も、無理を重ねた所為《せい》なのか、産後十一日が過ぎるというのに、腰や骨盤の痛みがなかなか取れない。昨夜も仰向けに寝ていると、次第に足腰が突っ張り疼いてきた。寝返りを打ち、体の向きを変えると少しの間は和らぐが、また攣《つ》るような痛みが、少しずつ増してくる。実家に戻る時、武雄は連れて行くなと言った姑には内心腹を立てたが、今となってみれば、感謝しないではいられない。

一昨日、乳首をすぐに離してしまう赤子に、母は吉の乳の出が悪いのではないかと眉を顰めた。幸い近所の嫁がひと月前に、男の子を産んだ後なので、試しに貰い乳をしたところ、力強く吸ったという。

吉は、手洗いから戻って茶の間に入った。卓袱台に一人分だけの食事がある。母が昼餉を済ませて出かけたとなると、すぐには戻る気がないのかも知れない。生まれて間もない赤子を抱いて、母は何処に行ったのかと、吉は少し不安になった。

食事は、鰯のつみれの味噌汁と、ほうれん草の胡麻和え、鯖の煮物に焼き青のりと、やはり漁師の家の食卓は婚家の乏しい食卓とは違う。体は弱っていても、吉は驚くほど腹が減る。母は漁に出る弟の弁当の為ばかりではなく、吉のことを考えて毎日米の飯を炊いてくれる。母の気持ちは有り難いと思うが、秋には弟が嫁を貰うことになっているので、実家での出産も今回が最後になると覚悟しなければなるまい。

「ただいまぁ」

食事を終えて一時間ほどした頃、表戸が開いて母が帰って来た。いいことがあったのだろうか。大きな声は弾んでいる。

静かに階段を上がって、母は四畳半の襖を開けた。

「吉、堪忍え」

やはり赤子を抱いている。詫びながらも、母は吉の寝ている布団の脇に、微笑を浮かべて座り込んだ。額には薄らと汗が滲んでいた。

「何処に行って来たのえ?」

吉は腰を庇い、ゆっくり体を起こすと、不満の顔をわざとして母の報告を待った。

「あそこ、あそこえ」

「だから、何処？」

吉の声もだんだん弾んでくる。

「この子は、大事にしろと言うことえ。驚いたことにの、この子は福の子だって。これから先、島田の家が栄えるとのことえ」

（また、お告げ女を訪ねたのか）

吉は内心苦笑する。お告げ女の家は、歩いて十五分ほどの距離にある。けれど、嫁入り前はあれほど軽蔑したお告げにも、あまり抵抗しなくなっている自分を認めざるを得ない。

「どう転んでも、島田の家はこれ以上は落ちようがないえ。それよりあんな遠くまで、赤子に負担がかかるえ」

母には、やはり連れまわした嫌みを言ってしまう。

「吉、そう言わんときよし。あの婆さんが、お前を救ってくれたことは確かえ」

吉の結婚に際しては、お告げを信じたおかげで命びろいしたと、母は事あるごとに言ってきた。藤助の女房も、藤助が死んでから一年ほどで亡くなっていた。死を理解出来る筈もない藤助の子は、葬儀の日に、子守の子が困るほど泣きじゃくったと、母は得意げに語ったものだ。

――生きていてこそ華なのだ。

彼と結婚していたら、吉も女房と同じ運命を辿ったろう……。

「腹が空いたのう」

母は腰を浮かし、胸元に赤子を持って来た。吉はすぐに乳首を含ませた。もう、母の前でも堂々と胸をはだけられる。精神的にも、肉体的にもすっかり母親としての自分……。

「乳には鯉の味噌汁がいいのえ。でもねぇ、隣の嫁さん、乳が余るから貰い乳してくれるって言ってくれたえ。本当によかった。一郎さんが明日来ると言っていたから、その前にと思っての」

後は占いに出かけた言い訳をする。だが、今の生活を変えない限り、島田家が栄えるなどあり得ない。

赤子は勢いよく乳を吸う。今日は出がいいのかも知れない。実家にいる間は、貰い乳が出来るとしても、その後はどうなるのか。吉は不安な気持ちで赤子の唇を眺めた。


産後一か月して、吉は婚家に戻った。島田の家まで送ってくれた母が帰ると、一郎の口から待ち構えていたように、野良で働く話が出た。

「ええ、今後はお前さんと一緒にと思っていますえ」

吉はお産で休んだ負い目を口にする。

「いや、これからは、農業はお前だけがやる。お前なら、百姓だって男に負けないだけの才覚をすぐに発揮出来る。忙しい田植時や、稲刈りには、近所の人に手伝って貰えばええんや。日当さえ多く払えば、喜んで手伝ってくれるよ。判らないことは、わしが教えてやる」

窶れた顔を曇らせ、吉は咎めるような眼差しで一郎を見つめた。実家から戻った当日に、こんなことを言われようとは、想像もしなかった。

村の田は、狭い山裾に広がっている。島田の家は五反の田圃を持っている。大概の家が三反ほどだから、村では多い方である。その田圃を女一人でやるとなると、大変な労働である。

「私だけというのは、一体どういうことですえ？」

反抗的な眼差しを正しながら、吉は控えめに訊いてみる。

「いや、この話は、お母んも承知していることよ。赤子はお母んが見ると言ってくれてる。このままでは、栄えるどころか貧乏から足が洗えないわ。わしは荷車を曳く仕事をすることにした。石を運ぶんや。それに見合う立派な牛を買う。迷っていたが、お前のおっ母さんが背中を押してくれたわ。早速、明日牛を買いに行こうと思っている」

こんな話など母は知らない筈だ。背中を押したというのは、恐らく島田の家が栄えると告げられた占いのことを言っているのだろう。

竹は都合よく売れて、夫は思いがけない現金を初めて手にしたが、目を輝かせて語りかけてくる夫の顔を、吉は困惑げに眺めやった。子供を見てくれるから助かるなどとは思いもしなかった。村では、よく働く嫁と言われている自分。姑の目がいつも吉を奮い立たせ、追い立ててきた。洗濯、炊事、水汲み、農業の手伝い、針仕事と忙しく働いている方が、精神的にも落ち着き、余裕さえ感じられた。しかし、十代の頃から百姓に馴染んだ体とは違い、吉は華奢な体である。島田の家でこれ以上何をしろと言うのだと叫びたい。

「荷車曳きが歳で一人辞めるらしい。その代わりを求めている。牛が死んでも、金がのうて買えんかったけど、これも竹のおかげや。決まった金が入るようになれば、生活は安定するし、お前にもいい思いをさせてやれる」

竹の花を誤魔化すために、家の周りの竹も伐り払ってしまうと、西陽が障子を紅く染めるようになった。明るくなった夫婦の部屋は、穏やかな秋の陽射しで溢れている。この光の中で、疲労と困惑の色を敢えて隠そうともせず、吉は一郎の顔を正面から眺めやった。が、希望に燃える眼差しは、相手の困惑にさえ気づかないらしい。

「毎日、田辺まで行くことになれば、菜などわしが買ってきてやれる。お前は飯だけ炊いておればええ。とにかく、わしは今の生活を変えてみたい。今踏み出さなければ、一生悔むことになると思う。この歳では最後の挑戦だわ」

初めてまとまった金を手にしながら、夫の抜けた二本の前歯は、まだそのままである。鬢にも白いものが目立つようになった。歯のない口元は、もともとの老け顔を更に老人にしている。我が子を孫と言っても違和感のない四十二歳の年齢。肩にも胸にも肉体の衰えが出始めている。娘の花枝が二十歳になった時、六十二歳の夫。人生五十午。それまで命があるとは限らないだろう。焦っていることもあろうが、打開を見出した生活に、一郎は充足感を得て迫ってくる。

「いや、百姓はお前が出来るだけでええわよ。無理をせんでもええわよ」

腕組していた両手を突っ張って、胡坐のまま躙《にじ》り寄った。一郎は下を向いてしまった妻の肩に優しく両手を置いた。

「吉、難しく考えるな。手の回らない田は人に作って貰えばええやないか。頼む」

そう言いながら、なお一歩躙り寄った。

耕地の少ない村で他人に貸せば、田は永久に戻らないのではないかと、吉にさえ考えが及ぶ。妻の性格を知り抜いている男は、心にもないことを口にして、深々と頭を下げているのかも知れない。

下手に出られれば断れない。いや、ここまで言う夫に逆らっていたら、自分の居場所がなくなる。吉は夫の背後にある姑の陰とも対峙する。

(どちらに転んでも地獄なら、望まれて地獄に落ちた方がいい)

吉は顔を上げると、腹を括って頷いた。

「ええ、やってみますえ」

自信に満ちた嬉しそうな笑顔を向けた。この態度をどう解釈されようと構わない。

「おお、そうか。けど、意外やの……」

最後まで言わない一郎は、狡猾かも知れない。うまく言いくるめたと思いたければ、それでもいい。死んでいてもおかしくない命だからと、藤助の妻に自分を重ねて思い直した。

「荷を曳かせるとなれば、餌からも考えてやらなあかん。田辺までの道のりはきついし、犂《すき》を曳かせるのとはわけが違う。重労働を乗り切るだけのものを食わしてやらなあかん。わしは毎日一升の麦を食わせてやろうと思っているのや。それに冬はの、夏と違って青草がない。けど、藁に糠じゃあかん。牛にやる野菜もいっぱい植えることや」

吉は頷きながらも、素朴な疑問をぶつけてみる。

「牛よりも、馬の方がいいんやないですか。山本さんとこも馬やないですか」

荷を曳いている男が隣村に住んでいた。馬は牛よりも体が大きくて、筋肉も浮き出ている。東北では馬が荷を曳いているし、田圃でも働いている。馬の方が断然いいと吉には思える。

「確かに、馬の方が足は速いよな。けど体力はどうやろ。わしは胃袋が四つある牛の方が粘り強いと思っているのや。絶えず反芻して、とことん養分を吸収している牛を見ていると、粘り強さも頷けるわ。関西では牛を飼っている農家が圧倒的やろ。火山灰地の多い東北と違って、この辺は土地が硬いのや。牛の方が値は張るけど、大事な仕事に金をけちるのは考えもんや。田辺までは長い急坂を二つも越さなあかん。山本さんとこの馬はの、坂の中途で動かんようになることがよくあるんやてよ。鞭で打とうが一歩も進まんらしいわ。山本さん、この前は余りに腹が立っての、積んでた枕木で尻叩いてしもうたて言うてたわ」

「まぁ……」

吉は余りの仕打ちと、男の暴力に目を瞠る。気の強い荒れくれ男ならやりかねないだろう。枕木などで叩かれて、馬はどんなに痛かったろう。骨は大丈夫だったろうか。あんな男に飼われたら馬が哀れである。

「人間が代わりに曳くわけにはいかん。そうなったら、却って馬の方が損にわしは思う。その点、牛はの、涎《よだれ》を垂らしながらも曳くことをやめへん。ぎりぎりのところまで頑張ってくれる。足の遅い分は、朝早くに出発すればええ」

翌日、早朝から出掛けて、夫は飼畜場から牛を曳いて帰って来た。暴れでもしたら撃ち殺す以外にないと思うほどの大きな牛の姿に足が震え、吉は庭に出るのが怖かった。二年前に死んだ牛より一回り大きい。肩の筋肉が盛り上がっているし、角も長い。吉は暴れ狂う闘牛を連想したが、夫は堂々と首の近くの曳き綱を握っている。男の度胸は凄いと心からそう思った。

「草は刈ってるか？」

吉は、牛小屋から草の入った竹籠を運んで来て、庭先の桜の木の下に置いた。彼女は、牛が好む葉の広い柔らかい草ばかりを刈って来ていた。一郎が、太い桜の枝に曳き綱を巻きつけた。籠から直に食べながら、牛は周囲を落ち着いて眺める。厳《いか》つい体とは対照的に優しい目をしていた。夫は、毛並みに沿って束子《たわし》で体を擦り出した。

「新しい環境に馴染ませなければ、牛も不安やろ。餌は当分わしがやる。お前らは決して手を出すな。牛屋にも暫くは近づくな」

一郎はこうして、牛との信頼を築いていくのだ。世話をして大事に扱ってくれる夫の為に働いてやろうと牛が思わなければ、過酷な仕事はこなせない。

「いつから、荷を曳かせるのですか?」

「十日間くらいは無理やろ。わしは明日からこれと一緒に歩いてみる」

言葉通り、次の日から夫は、一日の殆どを牛の傍で過ごすようになった。日に五時間ほどは、堤防や道を、大八車を付けて歩かせた。牛に履かせる藁草履を作るのも牛屋でやる。押し切り器でさつま芋を小さく切るのも、飼い葉桶の前で切る。何もやることがなくなると、言葉など判らないと思うのに、束子で体を擦ってやりながら絶えず牛に話しかけた。一家の生活がかかっているのだ。

初めて荷を曳かせた日の四時頃になると、吉は田圃を後にした。夫のことが心配で見に行かずにはいられなくなった。鍬など使っている気分ではなくなったのだ。牛は坂を登れたろうか、山本さんとこの馬のように途中で曳かなくなっているのではないか、溝に車輪を落としてはいないか、人に怪我などさせなかったろうか、夫は大丈夫だろうかと、今日一日、なんぼやきもきしたか知れやしない。こんなことなら一緒に行くんだったと思うほど、吉は気を揉んだのだ。

前屈みになりながら、川沿いの土手を急ぎ足で歩き続け、吉は最後に緩やかな坂を上った。辿り着いた郵便橋のたもとでは、川面を渡って来た風が、葦の群生にぶつかって向きを変え、堤防を這い上がっていた。

欄干に手をつき目を凝らした。山裾に広がっている田には、穂を垂れた稲と、葉の広い里芋が丈を伸ばしている。所々に見える竹の支柱は、朱い実をつけるトマトであろう。西陽が影を伸ばしつつある山麓の上空に、風呂でも沸かしているのか、麦藁を燃やしたような煙が霞のようにかかっている。その手前を国道が走っていた。五百間ほど先に、牛と荷車らしい影がゆっくりと動いている。吉の目は鋭敏に反応した。まだ遠くて人間が乗っているることも判らないほどだが、この明るさの中で、首の長い馬と牛を見間違う筈はなかった。

（あれは夫に違いない）

吉は引き寄せられるように走り出した。花枝を産んでから二か月も経ってはいないが、しんどいどころか、走りながら却って力が満ちてくる。顔が判るようになると、頭の手拭いを手にして、大きく振り続けた。

「なに踊っているのや」

近づくと、一郎はわざと揶揄した言い方をして、日灼けした顔で前歯のない歯茎を剥き出しにした。継ぎのあたった半纏のおかげもあってか、笑顔がより貧相に感じられた。ひと仕事終えた晴々とした表情で、一郎は手綱を引いて牛を止め、誂えたばかりの荷車から、前のめりに右手を差し出した。踏み台に足をかけ、吉は引き上げられながら荷車に上がった。

「お父さんのことが心配で、田圃にいられんようになったのえ」

譲ってくれた座布団の上で、吉は息を継ぎながら言い訳をする。

「うん、そうか。心配してくれたか。実はわしも家を出る時は、お前と一緒の気持ちやった。けどな、これは儲けものやったで。やぁ、よかった。大きくなるまで売れ残っていたやろう。いい牛やから高い値段つけたら、なかなか売れんかったと言われても、正直眉つばもんやった。だがの、向こうの人の言う通りや。坂道を登る時は目が真っ赤になるし、涎は切れ目なく滴り落ちるけど、曳くことはやめへんのや。初日からすんなりいったのや。なかなか賢い子やよ。わしは今日ほど有り難いと思うたことはないわ」

吉はごく自然に、一郎の膝に右手を置いたまま訊き返す。

「あと少し荷を軽くしてやればいいのやないの」

ゆとりがなければ、毎日のことで牛も敵わないだろう。吉には枕木で叩かれた馬の気持ちが拭えない。

「いや、大丈夫や。牛には今日が一番きつい筈や。けど、筋肉はすぐについてくる。軽くすれば軽くしただけの筋肉しかつかんでの。しんどいのに変わりないわ」

全てを知り尽くした風の物言いの後、夫は町で買った菜を吉の鼻先に持って来た。

「約束のもんや。初日やから豪勢やぞ。町の者らは便利に出来てるの。金さえ出せばうまい菜が食える。これからお前も利用させて貰えばいいのや」

風呂敷の中からは、吉には懐かしい魚の匂いがした。

「さんまの天婦羅と、金時豆に竹輪を買うたぞ」

「お父さん、おおきにえ」

店のない村で生活してきた夫には、これが豪勢な菜なのだ。吉は押し頂くようにして頭を下げた。家で出来た野菜ばかりの菜と沢庵では、金はかからないだろうが、体の疲れ方が違う。村では年寄りは酷く腰が曲がっていた。夫婦で話し合って決めた夕餉の菜のことも、姑が何と言うか判らないが、少しぐらいは贅沢をしてもよいと思う。

「お父さん、前歯入れた方がいいわ」

竹が売れたら三分の一の分け前を貰うようになっていたが、一郎はそんなことなど忘れたような顔をしている。荷車も頑丈なものに新調した。荷を運ぶにも鑑札がいる。金など残っている筈がない。だが、不格好な口許は町の者にどのように見えるだろう。閉じていても、鼻の下は少し窪んでいる。外見で馬鹿にされれば、仕事にも差し支える。

「馬鹿言うな、そんな無駄なことに使う金などないわ。おっ母んなど一本もなくても、沢庵バリバリ噛んでるわ。歯茎も噛んでいれば刃物のようになってくるわい」

十三歳の時、父親に死なれて金に苦労した夫は、先程の牛の筋肉と同じようなことを言い返してきた。

修復

水路の草を最後に刈り終えた。今の季節では、草はすぐに伸びてくる。田植えをしてからというもの、吉は一か月に一度ぐらいの間隔で畦草を刈り取ってきた。水路の岸は湿り気のある土壌の為か、生えてくる草には、ぎしぎし、ゴンパチ、蓬などが多い。いずれも柔らかく牛の好物である。喜んで食べてくれる牛がいると思えば、草刈りも苦にならない。

吉は立ち上がり、両手を挙げて体を思い切り伸ばしてみる。今日一日の予定を全てやり終えた満足感が疲れた体に漲《みなぎ》ってくる。

痺れの残る足を引きずって、吉は隣接の田圃に入った。歩いていると少しずつ足の指先に感覚が戻ってきた。ここには、茄子、人参、かぼちゃ、枝豆、さつま芋、西瓜、まくわ瓜と多彩な野菜を植えている。一反五畝あるこの田圃に来ない日はなかった。

暗くなると見えづらくなる鳥目は大分良くなったが、まだはっきり回復したわけではなかった。

吉は麦藁を敷きつめた畝まで来ると、地面に顔を近づけた。黄色のまくわ瓜は、間近で見ないと麦藁と同化してしまった。もっと明るいうちに収穫しておくのだったと思いながらも、緑の葉の間に色づいたまくわ瓜をすぐに見つけた。蔓との境目辺りに目を凝らす。養分を摂り入れる蔓の周りに、ヒビが出来ている瓜が食べ頃であった。少し茶色がかったヒビが一番甘味があり、美味しかった。

苦労としか思えなかった農業に、吉は今、生き甲斐を感じていた。毎日、田に出ることが楽しくて堪らなかった。夫の下で働く農業は苦痛でさえあった。冬の寒さはまだ凌げるとしても、真夏の太陽の下では、漁師に嫁いだ母の人生が羨ましかった。

同じ仕事に生き甲斐を感じるこの違いを、自分が計画を立て、やりたいようにやっているからだと吉は思う。職場で言えば主《あるじ》と奉公人の関係であろう。自分一人の手で畝を耕し、種を蒔き、水をやる。けれど、吉は主としての自覚を持ってする。

発芽すると、茄子や人参などが我が子のように愛しく感じられた。少しずつ生育する姿は、毎日見ていても見飽きなかった。当然田圃にも愛着を感じずにはいられない。吉は今までより半時間早く起きるようになった。

「まだ、あがれへんのか」

突然の声に振り向くと、草を刈ったばかりの水路の岸に姑が立っていた。地肌が透けて見えるほどに薄くなった白髪を後ろで丸めピンで止めているが、かなりの後れ毛が風になびいている。この頃は杖なしでは歩けないほどに腰が曲がってきた。足も真っ直ぐに伸ばして歩くことが出来づらくなったようで、膝のあたりを庇うようにして歩いている。体が弱々しく見えてくると、子供を見て貰っていることに、吉は負い目を感じずにはいられない。だが、過去にはこの姑が、やけに大きく見えていた時期がある。それは吉の心理から来るものであったろう。

姑は目を細め、手入れの行き届いた田圃を満足げに眺めている。陽が沈んだ山裾の大地には、昼間の蒸し暑さを追いやって、乾いた涼風が吹いていた。すぐに用件を言い出さないところをみると、どうやら子供のことでもないらしい。何の用かと思いながら、五日振りに田圃に下りてきた姑に近づいて、吉は手に抱えたまくわ瓜を岸の上に一つ一つ置いていった。

「今夜の楽しみですえ。美味しくできましたえ」

自信たっぷりに言ってみる。

ゆっくりと腰を屈め、右手で瓜を掴もうとしたので、一つ掴んで手渡した。

「なるほどの」

頷いて、姑も茶色のヒビに目をやってから、あんたもいっぱしの島田の嫁になったと付け加えた。

「一郎の言っていた通りや」

その意味が褒め言葉だと、今の吉には判るのである。どういう理由でなのか判らないが、今年の稲は吉が嫁に来てからこの八年の間で一番生育が良かった。例年と同じように堆肥をやっただけなのに、豊作が約束されているように、白い花もたくさん咲いていた。不思議がる吉に、一郎はうちの牛は栄養のあるもの食わせて貰っているからと笑う。

「あんたささえよければ、夕餉の飯は、竈に火を起こすぐらいなら、してやってもいいぞ」

「えっ？」

聞き違えたかと思ったが、姑が笑いかけてきた。思わず目を瞠っていた。一銭の金も与えず、嫁の務めを強要した姑の顔が、今日は恬淡にさえ見える。

「おまはん一人で百姓は大変やろ。朝早くから遅うまでよう頑張っているわ。仕掛けといてくれたら火ぐらいならなんとかするよ」

「お義母さん、ほんまですか」

姑はわざわざこれを言いに、不揃いな石段の坂を下りて来たのだろうか。そうして貰えば、まだ半時間近く田圃に居られる。涼しい夕方の時間は貴重である。

姑の微笑を湛えた柔和な表情からは、二年前までのぎすぎすした態度が嘘のようであった。農業をやらなくなった息子の代わりを嫁がやる。手入れをしてやらなければ、田は荒れ、土は痩せていく。姑が半生を打ち込んで来た思い入れのある田を、農業を全く知らなかった漁師の娘である嫁が守っているのである。どうやらそれが嬉しいようだ。

「お義母さんに、子供の面倒を見て貰っていますから、私はこうして百姓に打ち込めます。正直これほどまでに農業が楽しいとは、二年前までは思いもしませんでした。これもお義母さんと、ご先祖さんのおかげですえ」

吉は感謝を込めて岸の上の姑を見上げた。二人の子は姑によく懐いていた。それは仕方のないことだった。次から次へと仕事に追われる身は、子供を構ってやれる余裕さえなかった。

武雄は外国人のように彫りの深い面立ちで、凹凸の少ない平凡な日本人の顔立ちの両親からどうしてこういう子が生まれたのかと思うほどだったが、花枝の方は夫に似た顔立ちをしていた。姑が跡取りの武雄より花枝を可愛がるのは、紛れもない自分の血を花枝の上に見るからかも知れなかった。

「今じゃ、わしの上を行くの」

脈絡もなく出た言葉は、農作業に対する感想だろう。縺《もつ》れるように動く舌が、歯のない黒い歯茎の間からちらちら見える。一度も聞いたことがなかった負けず嫌いな姑の褒め言葉は、無意識のうちに発せられたものなのか。それとも懺悔にも近いものか。吉はこれを姑の真意と受け取った。体が衰えるように、確執も意識も徐々に殺《そ》がれて来たのだろう。水と油でも、互いに労わり合う気持ちが、いつの日か二人の間に生じてもいい。吉に向かって投げられてきた、人を寄せ付けない眼差しは、この頃はあまり意識しなくなっていた。これは姑が変わったのではなく、自分の方が変わったからだと吉は思い始めた。

「晩飯ぐらい贅沢したいわの」

姑は、田圃から吉の方に視線を移した。

「ええ」

吉は、思い切り大きく頷いて見せた。菜一つにも、人生の楽しみがある。夫が買ってきた夕餉の菜を姑は既に知っていて、早く食べたがっているのかも知れなかった。これも現金収入が得られるようになったおかげである。息子が買ってくる菜は、気兼ねしなくて済むだろうが、今の生活を姑は素直に喜んでいるのだろう。

「わしも、あと三年ほどやろうから、今のうちにの」

六十五歳の唇から自嘲的な笑みが零れた。外に出ることがめっきり少なくなって、生来の色白の地肌が少しは戻ってきたが、目尻から口元にかけて、張りのなくなった肌には、彼女の過酷な歴史が、深い皺となって刻まれている。

「何言っていますのや。お義母さんには、うぅーんと長生きして貰いますえ」

何のわだかまりもなく心からそう願いたい。嫁に来た当初、姑に自分の仕立の腕前を大したことないと言われたことに反発を覚えたこともあったが、自分が農業に打ち込むようになると、そういった当時の姑の心理は理解出来る。吉も体を張って守り抜こうとしている島田の田畑を、次は我が子に守って貰いたいと心の底から思うのである。この二年間で根付いた島田の嫁としての自覚だった。

「じゃ、先にの」

微かに頷いた横顔に、嫁を寄せ付けない以前の表情が垣間見えた。だが、拘る必要はないと思う。あの足腰で、危なっかしい石段の急坂を下りて来てくれただけでも有り難い。

「お義母さん、おおきによ」

吉は姑の背中に深々と頭を下げた。心にゆとりを持って対応出来るのは、己に自信を感じるからだろう。

丸まった背筋を伸ばすようにして、草を刈り込んで歩きやすくなった細い岸の上を、姑はゆっくりと登り口の方へと歩き出した。

吉はこの時、生涯自分を苦しめる、修復不能な姑との亀裂が、目前に迫っていることを想像もしていなかった。

慙《ざん》愧《き》

手桶の手拭いを固く絞ると、吉は汗が浮き出た姑の額に手を伸ばした。

「よけいなことをするな」

声よりも先に払い除ける。流石にばつが悪いのか、姑は上掛けを引き上げて顔を覆った。

「出て行ってくれ」

姑は一人になることを望んでいる。下《しも》の始末が済めば嫁には用はないと言わんばかりだ。家族で同じものを食べながら、彼女だけが下痢をしている。食事に関しては吉の責任でもあるので、怒っていることも確かだ。だが、どんなに嫌われても、嫁が世話をしないわけにはいかない。

吉は、すぐに立ち去ることも躊躇われ、姑の表情を窺った。上掛けが胸の辺りで大きく波打っている。感情が煽られ、短い言葉にも体力の消耗が激しかったことが判る。

未明から降り出した雨の湿気が、糞と臓物の混じり合った臭いに拍車をかけている。

（お義母さん、堪忍え）

荒い呼吸が、もっと注意を払うべきだったと、吉の良心に語りかけてくる。

時刻は午前三時前。本当の親子なら、こういう場合どうするだろう。嫁に来て十二年にもなるのに、情けないことに、どうしていいのか思いつかない。

「早く行かんかいな」

業腹が、噛みつくような言葉を投げつけてきた。原因は自分にある。

「………」

何も言えぬまま、余儀なく頭を下げると、吉は足音を殺して部屋を出た。

夜も明ける頃に雨は止んだ。お腰の汚れは水便となり、殆ど臭わなくなった。汗も枯れてきた。

「おっ母あ、医者に来て貰おう」

「いやや、医者など、大嫌いじゃ」

何を訊いても嫁には応えなかったのに、先に部屋に入った息子の問いかけを、姑は激しく拒絶した。

「そやかて、伝染病だったらどうする。赤痢かも分かれへんやろ」

昨日の昼前から続く下痢は、血便ではない。赤痢とは明らかに違うのだ。吉には単なる食当たりとしか思えない。けれど、無学な姑は、息子の言葉に震えあがった。

曙の室内は薄暗い。窓からの仄《ほの》かな光が白い上掛けに影を落とし、老いて縮まった体を浮き彫りにしている。上唇が歪んで少し開き、だらしなく見えた。姑は胸の上で、両手の指を固く組み合わせていた。秘かに神仏に祈りを捧げていたのかも知れない。

浅い呼吸を繰り返す姑を見ていると、彼女の苦痛と不安が、背中を這うように伝わってきた。医者などに殆どかかったことのない老婆の不安を、少しでも取り除いてやればいいのに、夫の後ろに立ちながら、吉は敢えて黙っていた。自衛的な自身の心根が恐ろしい。

「わし、呼んでくる」

充血した目で、夫が振り返った。病人の経過を看て来た吉には、症状はこのまま収束に向かっていくように思われた。だが、嫁の身で迂闊なことを言って、後から責めなど負わされたくはなかった。疲れの浮き出た夫の顔に目をやると、彼女は大きく頷いて見せた。

「大変なことにならないうちに、来て貰った方がいいですえ」

「急がないとの」

と言いながら大股で歩く夫に続いて、吉も部屋を後にした。

「医者はあかん、嫌や、絶対嫌や！」

襖の向こうから、悲痛な叫びが追ってきた。

その声を憮然とした表情で夫は無視し続けている。

「赤痢だとは、思えませんえ」

吉は、夜着を脱ぐ夫の傍で早口になった。

「そうか。ならええけど」

「うちらは何もないのえ。お医者さんにも自から水を向けることはしないことえ」

村八分にもなりかねないことを、安易に口にする夫の気持ちが分からなかった。

「お前さん、帰ったらすぐに仕事にお出かけですか？」

「うん、迷惑をかけるから、休むわけにはいかへんの」

夫婦の部屋で、夫は素早く洗い立ての仕事着を身に着けていく。

「一郎、お願いやから、わしの言うことを聞いておくれ。頼む、お願いや……」

まだ諦めないで言い続けている姑の声は、泣き声に変わっている。

「ほっとけ、なんでも我が通ると思うとるのや。我儘なお母んよ。こっちも大変なのによ」

気忙しい朝の始まりに、予定外のことをしなければならない夫の気持ちも分からない訳ではなかった。

「戻ったら、すぐに食べられるようにしておきますえ」

駆け足で坂を下りて行く夫を見送ってから、吉は朽ちかけた台所の閾《しきい》を跨いだ。でこぼこの土間に立つと、軽い眩暈で足許がふらついた。二時間も寝ていない。農業という重労働に従事している吉には、睡眠不足は堪えた。が、こういうことけ、今までに一度もなかった。

竈の中で嵩張《かさば》る柴は、排気が悪い。室内に煙が充満し、その上、熱気で狭い台所は蒸し風呂のようになってきた。目が沁み、顔面からはたちまち汗が滴り落ちる。吉は荒っぽく手拭いで顔を拭い、火吹き竹で、大きく息を吹きつけた。

「一郎、行ったのかい？」

突然の声に振り向くと、茶の間から、姑が虚ろな眼差しで此方を見つめていた。表戸の開いた音で、息子が出て行ったことは判っているだろう。

寝間着の前がはだけ、右側の乳房が露わになっている。が、そんなことに構ってなどいられないらしい。茶の間に来るだけでも、姑は息があがっている。上下する肩が痛々しい。

「あれだけ頼んだのに……」

途切れ途切れの言葉は、空気が抜けて行く風船みたいだ。言いながら両手を小刻みに震わせた。最後に、丸まった背を伸ばすようにして、姑は大きく息を吸った。

早く出て行かんかいなと言ったあの態度を、忘れたわけではないだろう。その相手に近寄って来た。

吉は不意を突かれた。

体力のない体が揺れている。早く部屋に引き上げてくれればいいのに、視線が此方に注がれている。姑の考えていることが、以心伝心のように伝わってきた。夫の留守の日常に、腰の曲がった姑がどれだけ手をかして、吉を助けてくれたことだろう。今、彼女が願っていることを言葉にされたら、拒むことが出来るだろうか……。

パチパチと柴の弾ける音も、耳に入らない、気まずい沈黙が続いた。

（一郎さんのすることに、私は逆らえませんえ）

吉は無言のまま、汗の引いてきた顔を伏せた。大変なことにならないうちに、来て貰った方がいいと言った自分の言葉も蘇った。

「覚えとけ！」

姑が体の向きをかえて、頼りない足腰でゆっくりと戻り出した。視線を合わせない吉の心を悟ったらしい。それにこれ以上体力ももたないのだ。

（堪忍、お義母さん……）

吉はふぅーと、大きな溜息をつく。

「隔離など……」

姑が独り言のように呟いた。後は聞こえなかった。

両肩が一足ごとに左右に揺れていた。この状況で手を添えたとしても、姑が受け入れる筈がなかった。

「一郎さんは、お義母さんに一番いいと思われることをしている筈ですえ」

今になっての言い訳を白々しいと思う。卑怯だと思う。罪悪感さえ抱く。あれだけ医者を拒絶していたのだから、姑が欲しているのはこういう事ではなかった筈だ。

（これから走って、一郎さんを止めさせます）

姑はこう言って貰うことを期待してやって来たのだろう。

悪いものを出してしまえば、下痢は落ち着いてくる。熱も引いてきているので、水便になった腹は、回復に向かうと吉は思っている。だが、外れた場合はどうなる。やはり医者に診てもうことが一番いい。

一時間もしないうちに飛石に足音が響いた。やっと来たという思いで外に出ると、驚いたことに、夫一人が手持ち無沙汰のように歩いて来る。出て行った時の慌てた後ろ姿とは何という違いだろう。

「お医者さんは、どうしたのえ？」

前掛けで濡れた手を拭きながら、吉は非難の目で問い糾《ただ》した。

「七時までは、お寝んねみたいや。奥さんが出てきてよ、早くても八時半頃になるってよ。六十五歳やから無理出来んらしいわ。先生も下痢ぐらいで慌てんのやろ」

夫が相手の立場に立たなかったと言えるだろうか。医者という職業はちょっと違うような気もする。

「どうや、お母ん、おとなしくしてるのか？」

茶の間にやって来たことを、どう説明すればいいか分からなかった。

「お義母さん、体力が弱っていますから、どうしようもないですえ。お前さん、行って様子を見て来て下さいよ。私は、あと少しで食事が調いますのや」

吉は台所に引き返す応え方をして、踵を返した。心のうっ憤は一番心を許せる息子に訴えればいいと思う。

「おい、吉よ」

姑の部屋に行った筈の夫が、すぐに茶の間に顔を出した。

「何？」

吉は背を向けたまま、鍋から隠元をつまみあげる。

「おっ母ん、部屋にいないやないか」

「えっ？」

弁当を詰めていた手を止め、吉は驚きの表情で振り返った。

「仏間にも、納戸にも、何処にもいないわ。厠にでも行ったのかの」

「まさか」

汚れたお腰も、部屋で換えていたのだから、勿論、厠ではない筈だ。どだい体力の衰えた病躯の足腰では、何の支えもない、二枚の板を渡しただけの厠の中では、屈むことも出来ないだろう。

「わし、見てくるわよ」

夫が茶の間の床板を荒っぽく軋ませた。下駄をつっかけ、外に向かう夫の後ろ姿に、吉は胸騒ぎがした。さっきのことが蘇ってくる。茶の間に来るだけでも姑は必死だったのだ。

それなのに戻って行く後ろ姿に、やれやれと安堵して、ふぅーと大きな溜息をついた自分……。

夫はすぐに戻って来た。

「厠にもいないぞ」

からからの息が喉元を下りていった。吉の体から血の気が引いていく。

「お義母さん、お医者さん来るの嫌がってはったから、何処かに隠れはったんじゃないですか？」

更に、もっと悪い事態を考えている自分。

夫の手前、平静を装って吉は弁当を詰め終えた。

――隔離など……。

風呂敷を広げながらも、独り言のように呟いていた姑のあの台詞が吉の胸の中をぐるぐると回っている。

「そうか、ほんならわしは天井裏と納屋をな。お前は押し入れと柴小屋を見てくれよな」

「ええ」

包み終えた弁当を箱膳の脇に置くと、吉は足早に姑の部屋に入った。茶の間までやって来れた姑が、すぐに見つかる家の中などに隠れる筈がない。心でそう思うものの、屋根裏の物音に急き立てられるようにして、押入れを開けていった。

「お母ちゃん、どうしたんや」

いつもは揺り起こさなければ目を覚まさない息子が、うす目をあけ、仰向けのままで両手を思い切り上に伸ばした。眠そうな声である。

「起きたのかえ」

「うん」

頷いたまま、天井に目を注いでいる。

「ガタガタしてる」

武雄は声を低くした。不安そうな横顔は、どうやら目覚めたばかりと見える。姑の声も、自分達の話も聞かれていないと、吉はほっとした。十歳となれば、体は子供でも、頭脳は大人とほぼ変わらないだろう。

「心配せんでええ、お父ちゃんや」

家の中をくまなく捜してから下駄をつっかけ、庭の飛石を踏んだ。夫はもう納屋の方に回っていた。柴小屋は、納屋への飛石を渡って行ったまだその先にある。吉は早足で進んで行く。雨上がりのせいもあり、下駄が重い音で軋んだ。

「わぁぁ……」

吉の下駄の音を聞き付けたせいなのか、意味不明な声を発し、一郎が慌てたように納屋の奥から足早に出て来た。彼は戸口まで来ると、柱と戸口の間に両手を広げて立ち塞がった。首に巻いた白い手拭いが、根っからの百姓顔の強張りを際立たせている。

一郎は地面から一寸ほど浮いている閾に片足をかけ、吉に目を据えた。その目が涙で潤んでいる。

吉はぎょっとして息を呑んだ。姑を捜しながらも、心の片隅で不安に思っていたものが喉を突き上げてきた。吉はその場に釘づけになった。

一郎は何か言おうとしている。だが、言葉がすんなりと出てこなかった。ほんの五秒ほどが、吉には長い時間に思われた。

唇を震わせる一郎の頬に、涙が零れ落ちた。

「来るなぁ」

顔を真っ赤にして、一郎は仇敵のような気迫でやっと言い放った。

吉は喉元に拳を押し込まれたような苦痛と、体が谷底に引き込まれていく感覚に襲われた。台所に立った時から、眩暈のしていた疲れ切った体の吉は、崩れるように飛び石の上に両膝をついた。

「おっ母あ、梁に首を吊ってる」

耳元で嗚咽《おえつ》混じりの掠《かす》れ声がした。前後の感覚が掴めなかった。吉はどうやら気を失ったらしい。いつも見慣れた屋敷の風景が、活動写真を観ているような感覚でぼんやりと捉えられた。綺麗に枯れてしまった竹林の後に、一年ほどで竹は新たな芽を出して、今では以前と変わりなく、背丈を高く伸ばしていた。葉が雨雲の隙間から覗いた朝陽に輝いている。

夫は吉の肩に軽く手を置いていた。殺伐なものが消え、絶望と悲嘆に打ちひしがれた夫の顔を、吉は呵責と罪人の混濁した眼差しで見上げた。

「わしは、お母んの傍に居てやりたい」

夫は暗に、吉に人を呼んで来るようにと言っていた。

「お前は、立ち会わない方がいい」

優しい心遣いは、母親に対しての思い遣りにも思えた。吉は、涙と垂れてくる鼻水に、前掛けを押し当てた。

「全て私が悪いのえ。お義母さん、堪忍して……」

背中を波打たせ、悶えるように声を絞り出した。なんぼ詫びようが、なんぼ悔恨しようがしきれなかった。吉は噎《むせ》び泣きながら、自らの頭を両手の拳で思い切り幾度も叩きつけた。

――覚えとけ。

視線を合わせない吉に対して、姑が茶の間で言った台詞が込み上げてきた。既にあの時、姑は死を覚悟したのだと、今になって思う。どうして気づかなかったのかと嘆いても、もはや一時間前に戻ることは出来ない。ひどいことをしてしまった。出来ることなら、自分も死んでしまいたい。

――晩飯ぐらい贅沢したいわの。わしも、あと三年ほどやろうから、今のうちにの。

四年前に聞いた姑の言葉が蘇ってきた。足腰は曲がっていたが、姑は至って健康体だった。それ故に、医者にも殆どかからずに生きてきた。吉の働く田の岸に、わざわざ危なっかしい石段の坂を下りて来て、竈に火を起こすぐらいは、してやってもいいと言ってくれた。豊作の稲を見ながら、満ち足りた風貌で佇んでいたが、楽しみにしていた夕餉に、毒を盛ったのと同じ結果だった。

「お前に責任なんかない。悪いのはわしじゃ。おっ母は、医者をあんなに嫌がっていたのに、赤痢かも知れへんと脅してしもたわの」

何も知らない夫は、吉を庇うように言う。無学な姑は書き残すことも出来なかっただろうから、茶の間のことは、吉が打ち明けない限り、夫に分かる筈がなかった。負けん気の強い義母であった。隔離されることが、命を絶つほどの不名誉なことだと、何故思い至らなかったのだろう。

(取り越し苦労え。お義母さんは、じきに落ち着きます)

この一言で姑の不安は、払拭されただろうに……。

(人間は、己が一番可愛いものよ。不利になることは言いたくないのよ)

呵責が悪魔の囁きにも似て、生きている自分の命をも辱めてくる。これから先、お天道様に顔を向けては生きていかれない。

「吉、早く行って来い。遅くなれば、それだけぐつ悪うなるぞ」

夫が人を呼んで来ることを急かした。駆けつけてくれた人は、すぐに遠い駐在所へ走ってくれるだろう。自殺した者に対しての世間のしきたりだけれど、己の罪を告白するのと変わらなかった。が、吉のそれは義母の遺恨、慙愧《ざんき》とは比較にならないだろう。

「ええ、すみません」

吉は詫びながら、今一度前掛けを顔に押し当てた。涙を押さえ、鼻水を拭った。それから飛石に両手をついた。あげた顔が覚悟の風采になった。が、右手で石を叩きつけた。

「今から行かせて貰いますえ」

何かを否定するように、彼女は無意識に首を左右に振ると、南下していく雨雲に覆われた天蓋を見上げつつ、ゆるゆると立ち上がった。

慢心

陽射しには、夏の名残が感じられた。働き続けて肌着が汗ばみ、腰の周りが重たくなっている。夕方の四時に近く、今日は流石に疲れた。三十六歳の体力の衰えを自覚しないではいられない。

吉は水桶を肩から外した。空になった桶を岸にあげ、両手をついて腰高ほどの岸を上がった。猫背の背中をぐぅーと伸ばして、田圃を振り返る。思わず溜息が出てしまった自分に深呼吸をして、あとひと息だと気合いを入れ直した。

水嵩三寸ほどで、流れの緩やかな水が、用水路の底を流れていた。それを柄杓《ひしゃく》で汲みあげて桶に入れる。ここ暫く降らない雨に、思い出したように野菜に水をやりだした。が、その作業もあと一畝で終わりになる。夏野菜を収穫した後に、吉はじゃがいも、大根、ネギ、高菜を植えた。田圃の半ばを占めている高菜は寒さに強く、力仕事をさせる牛には、枯草の季節になくてはならないものなのだ。

水やりが済むと、今年最後の岸の草刈りをと鎌を持った。どうしたことか、一か月ほど前から、曲げると膝《ひざ》が痛くなっている。日常的な肩の痛みには慣れているが、初めての膝は辛かった。

吉は岸の上に両膝をついた。やはり座り込むより、この方が痛みが和らいだ。手は、かつて針仕事をしていたかと思うほどに節くれ立っている。あの頃は、襤褸《ぼろ》で手袋を作り、直接土に触れないようにと、荒れるのを防いできた。器用な指先は、吉の何よりの財産だった。桃の花のクリームを擦りつけた手に手袋をして寝たものだったが、今はその必要もなくなった。正絹の上を撫でていた柔らかい指は、ひび割れこそないが、踵のような厚い皮膚に変わっている。その手で直に土を掘り、苗を植えてきた。

草を刈る腕は、規則正しい振り子のようで、調子よく吉は鎌を当てていった。屈んだ姿勢の方が目立たないと思う心理からくるものからか、立っていた時よりも気持ちが落ち着いた。吉は疲れを忘れたように鎌を動かし続けた。姑が死んで一年余りが経つが、彼女はまだ人に遭うのが怖いのだ。

「ちゃんと家で作ってやれば、こんなことにはならなんだ。あんさんが手間を惜しんだばっかりに、姉さん可哀そうなことしたわよ。首くくったって言うけど、殺されたようなもんや」

通夜の席で一郎の叔母に言われたことが、今も耳から離れない。道で出会った村人に、悪いものでも見たようにさっと視線を外されたりすると、その言葉が浮かんできて、鞭で打たれたように辛かった。

夫が百姓をしなくなったこの六年の間に、少しずつ厳《いか》つくなった肉体は、重労働に耐えてきた証でもあった。けれど、他人はそんなことを斟酌《しんしゃく》することはなかった。嫁してから一日たりとも気が抜けず、日夜苦しんできた姑との確執も、現在の心境から比べれば、何と他愛無いことであったろう。

「世間の人が何と言おうと、忙しいお前に非はない。それは、わしが一番分かっているわよ。農業を女に押しつけて、手伝わないこのわしが一番悪いのや」

こう言ってくれる一郎の前で、吉はいつも首を横に振ってきた。自分は夫に庇って貰えるような人間ではない、と心で思うことが、知らず知らず態度に表れる。世間の口はどうであれ、夫の思いは義母の心底には達していないのだ。姑の心を知りながら、保身に徹した自分……。

——覚えとけ。

茶の間での台詞が、時折吉の身体を覆いかぶすように圧迫した。姑は言わなかったが、あの後に続く言葉に、吉は苦しんでいる。

——怨んでやるから。

吉にだけ聞こえる姑の言葉。死を覚悟した姑は、吉の心を見事に見抜いて、罰を与えてやると言ったのだと思う。

(石に頭をぶつけて、死んでしまいたい)

この一年余りの間で、幾度思ったことだろう。

「お母ちゃーん」

快活な花枝の声に、吉は手を止め顔をあげた。六歳の娘が登り口の下から生き生きとした笑顔で駆けてくる。少し癖のあるおかっぱ毛が、一足ごとに後ろの方へ跳ねていた。言いつけ通り、手には桶につけておいた「びしゃこ」を持っている。草刈りに区切りなど必要ない。久し振りの娘と一緒の行動に、吉はすぐに膝を伸ばした。

「転ぶと危ないから、ゆっくりおいで」

声を張り上げたが、花枝は逆らうように速度を増した。自然と吉の頬が緩んでくる。今日は姑の月命日なので一緒に参ろうと言っておいたのだ。

「犬みたいに速いの」

傍に来た娘の首に、一筋の汗が流れていた。胸も大きく波打っている。恐らく、山の中の石段の坂道も、勢いよく駆けて来たのだろう。

吉は汗ばんだ花枝の背中に手を回した。軽く叩く手に、優しい母親の情愛を込める。もう一方の手は、乱れた髪を梳《す》くように撫ぜてやる。

男まさりのおてんば娘は、しゃくりあげるような呼吸で、先程まで一緒に遊んでいた相手のことを喋り始めた。楽しかった興奮がまだ覚めないらしい。

吉は痛みを堪えて膝を屈めた。笑顔を浮かべ、同じ目線で娘の赤ら顔を眺めた。祖母のかながが死んでから、花枝は近所の男の子と遊ぶようになった。女だてらに木登りが大好きで、同い年の男の子二人を、いつも家来のように従えていた。

お告げ女に〝福の子〟と言われた花枝の生誕を機に、夫は荷車を曳く仕事に就いた。山から採石した石を田辺まで運んだ。決まった現金が入るようになったのは、この子のおかげと、姑も夫も花枝を大切にしてきた。そのせいばかりではないだろうが、花枝は負けん気の強い、少し我儘な性格に育っていた。

「鉄ちゃん、また泣いたんやで」

「花、おまはんが泣かせたんと違うか」

吉は軽い気持ちで言い、提灯のように膨らんできた花枝の鼻水を、仕事着の袂で拭った。

「ううん、違う。相撲するといつもうちが勝つんで、女に負けてばかりじゃ晩飯食べさせてやらへんと、おばやんに言われたら、わぁって泣き出したんや」

子供心にも、大人の冗談が判っていると見える。

「おまはん、たまには女の子と遊んだらどうえ?」

「嫌や、ままごと遊びばっかりやりたがるのや。うち、チャンバラや相撲の方がよっぽど面白いわ」

狭い岸の上を、花枝は先に立って歩き始めた。

西に傾いた太陽が、山の陰を稲穂の垂れている田圃の半ばまで広げていた。歪曲している畦道は、川の流れに沿って築かれた堤防に沿っているのだ。手入れを怠っている岸の上では、伸び放題の草が種を付け始めていた。母親を意識してか、腰を振って花枝は草を蹴散らした。

堤防の下に広がる二百坪ほどの平地が見えてくると、娘は速足になった。吉は、高く聳える木斛《もっこく》の陰で、腰に吊るした手拭いで額と首の汗を拭った。

高さ七尺ほどの三段重ねの石碑が二つ並んでいる脇を通り抜けた。堤防の草と比べ、平地の草は地面が見えるほどに短い。当番に当たっている者が四日前に刈り込んでいた。足を運ぶたびに茅のような千草は、草履の脇から素足の足を突いてきた。痛くないのか、花枝は平気で歩いて行く。

姑が埋まっている場所は、まだこんもりと土が盛り上がっていた。早足で近づく娘の後方で、吉は大きく息を吸った。

「お母ちゃん、早よう……」

のろくなった気配に振り返って、花枝が怒ったように急かした。

姑の眠っている足許で、頭に被った手拭いを外した。神棚に向かう時と同じで、屈んだ両足は行儀よく揃えている。吉は爪垢の入り込んだ右掌を伸ばし、盛り土の上に置いた。同時に深く頭を垂れる。目は既に閉じられていた。

地面につけた掌を通して、姑と膝を交えた感覚が蘇ってきた。心に立っていた漣《さざなみ》が、次第に大きなうねりに変わってくる。再び罪悪感が渦巻いてきた。あの朝のことは、生涯誰にも喋ることはない。が、一番知られたくないかなが、吉の心を見事に見抜いていたのだ。

——弁解の余地を見出せない良心の呵責。

(許される筈がない。天に昇った姑は全てを見抜いている。竈の前の自分も、頭を垂れるこの場の心理も……)

けれど、吉は毎回きちっと詫びなければ気が済まなかった。

「おばあちゃんだけ、なんで向こうのお墓やないんや？」

盛り土の草を引き始めると、島田家の墓地に埋葬されていない祖母に初めて気づいたように訊いてきた。

「ここで骨になってから、向こうのお墓に入るのえ」

鎌の先で草の根を起こしながら、何気ない風を装った。六歳の子に与える衝撃が読めないことはなかった。村の慣習を知った時、吉も愕然とし、身震いがしたのだ。

かなは十一年経ってから掘り出され、山腹にある先祖の墓に埋め直される。

「なんで、そんなことするんや！　初めから向こうのお墓に埋めればいいやないか。こんな原っぱに埋められて、おばあちゃん、一人でかわいそうや」

可愛がってくれた祖母を思い出してか、花枝の口調は憐憫を帯びている。北側に大きな石碑があるとはいえ、墓標一つない、千草の生える殺風景な土地に姑は眠っていた。いくら嫌悪しようが、逆らえない現実である。

「ほんとやなぁ。おばあちゃんも、はよう向こうに行って、ご先祖様と一緒になりたいわなぁ。けど、お墓が狭いから仕方ないのえ。昔はな、大人にまでならんうちに子供が死んでしまうことが、ぎょうさんあったんえ」

「おかあちゃん」

「うん？」

「骨って、骸骨のことやろ？」

草引きを手伝っていた花枝が、手を宙に浮かせるようにして此方を見つめた。長く尾を引く西陽が当たった顔に、驚愕な表情が浮かび上がった。

生まれて間もない子猫の目を、無理やり開けてしまったのと同じである。誤魔化す術が見当たらなかった。しかたなく視線を合わせたまま、吉はゆっくりと首を縦に振った。

花枝は、口も大きく開け、深く息を呑んだ。

「…………」

言葉が途切れてしまった。手の動きもなくなった。

吉は愚かだった自分を悔んだ。口にした言語を憎まずにはいられない。真実を知るには、もっと歳月を重ねてからでよかったのだ。

堤防に人の気配がした。カラカラと竹筒の擦れる音が近づいて来る。鳴り方からして忙しない歩き方を感じさせた。

吉は何食わぬ顔で、また鎌の先で草の根を起こし始めた。

「うち、死にとうない。うちは、そんなことされるの絶対嫌やぁ」

此方に気づかず、そのまま早く通り過ぎて欲しいと願うのに、花枝は声も落とさず、目に怒りが漲《みなぎ》ってきた。鼻水を垂らし、盛り土を拳で幾度も叩きつける。人の気配などお構いなしだ。吉はこんな姿を他人に見られたくも、聞かれたくもなかった。

「叩いたらあかん。おばあちゃん叩くんと一緒え。心配せんでええ、おまはんは嫁に行く身え。こんなことするとこなんか、他所にはないえ」

怒りを含んだ目で睨みつけ、小声で吐き出すように叱りつけた。

二間ほど離れた隣の埋葬地は、花生けがなければ人が埋まっていることも判らないほどに周りと同化している。花を手向ける人も久しく訪れないのだろう。夕暮れの翳りが見え始めた埋葬地で、枯れて茎だけになった花が微かな風に揺れている。

生前の人格さえも否定されたような侘しい風景の中で、吉は草を引き続けた。

幸い挨拶もなく、足音が遠ざかって行った。吉は立ち上がって、萎れ始めた花を抜き、花生けを狭い水路の溜まり水で洗った。まだ濁りが広がっていない場所に移動して、綺麗な水を花生けに収めた。新しい「びしゃこ」をかなに手向けると、次第に気持ちが落ち着いてきた。

「さぁ、帰ろう。お父ちゃん、きっとご馳走買ってきてくれているよ」

吉は、まだ涙を浮かべている柔らかい娘の手を握った。

夫が県内で二番目に大きな町である田辺の商店街で買ってきたものを、そのまま食卓に出す夕餉は、今も変わらなかった。村人に見つかれば、死人を出しながらも懲りもせず、まだ続けているのかと言われそうだが、六年間続けた生活を、以前の状態に戻すことに、酒も煙草もやらない一郎が承知しなかった。

「災難を基準にして、物事を決めることはないわい。おっ母んは、運が悪かっただけのことよ。残り少ない人生、楽しまなければのう」

忙しい毎日に、夫の言い分は有り難かった。

家路の坂道を登り切ると、庭の桜の木に繋がれた牛が二人の声に気づいてこちらに顔を向けてきた。目の充血がとれない疲労の表れた面構えで、牛はゆるりと尻尾を一振りした。体を擦って一日の労働をこの木の下で労わってやる夫の姿が見えない。束子《たわし》も枝にぶら下がったままだった。糞が、後ろ足の近くに四つも転がっている。繋がれたばかりとは思えなかった。

吉は納屋に回った。

「お父ちゃんは？」

藁屑で、草履用の縄をしごきながら、筵《むしろ》の上の武雄がちらっと視線を向けた。牛の草履は、最初のうちは夫が作っていたが、やがて姑が手伝うようになった。祖母の傍で遊び半分に作っていた武雄が、今では十一歳の子供にしては、売り物にでもなるぐらいのものを作りあげた。

「お客さんや」

忙しいので、武雄はそっけなく応えた。四本の足のために、毎日八個の草履作りを武雄は課せられていた。

吉は庭に転がった糞の始末をしてから、母屋の表戸を開けた。

話声が聞こえた。ぼそぼそとした低い掠れ声からして、客は年寄りのようだった。よほど込み入った用事らしく、畳を敷きつめた奥の間に上がっている。

吉はすぐにも駆け上がりそうな花枝の手を掴んで、静かに戸を閉めた。

「じゃ、来月の六日の十時ということで、伺わせていただきますわよ」

俄かに夫の声が大きくなり、襖の奥で立ち上がる気配がした。吉には、意図的に話が打ち切られたように思えた。

すぐに襖が開いた。先に出て来た六十五歳ぐらいの老人は、目線を下げたまま歩いて、少し寂しそうだった。質のいい着物を纏っていた。陽に灼けた顔にも何処となく品がある。風呂敷で包んで上から紐を巻いた荷物を、肩から胸へと斜めにかけていた。

板の間で立ち止まると、老人は思いついたように夫に頭を下げた。

「いやいや、こちらこそ」

夫も慌てて頭を下げた。

吉は客の桐下駄の向きを変え、花枝の手を引いて土間の脇に立った。

頬に生き黒子のある小太りの老人は、式台を下りても、吉の方には一瞥もくれなかった。見たこともない顔だった。

「金を借りに来たのよ。一週間前に言われての」

尻が残るような千鳥足で坂を下って行く客人を、余裕のある眼差しで見送りながら、夫が小声で言った。

「嫁入りの荷を運んで欲しいと頼まれたのよ。娘さん、格式のある所に嫁ぐそうや。だからの、言いやすかったのやろ。七百円の大金やで。担保は山ということや。恐らく一年先の期日までにはよう返さんやろの」

（えっ、一年先？）

金額の大きさにも驚いたが、一年先の期日ということには、もっと驚かされた。

（街の高利貸しのように、夫は高い利息を取るだろう。何年かかっても、返してくれればよいではないか）

吉は唖然として夫を見つめた。一年は余りにも短過ぎる。不利になることを、向こうが自ら口にするわけがないだろう。返せないことを見込んで、夫は期日を指定したのだろうか。娘を嫁がせるというのに、嬉しそうな顔もせず、老人は寂しそうだった。どおりで、こちらを一瞥もしなかったのも頷ける。

(人を苦しめたら、倍の苦しみが我が身に降りかかってくるのや。どんなことがあっても、人の怨みを買う生き方だけは、決してしないことや)

子供の頃、祖母が口癖のように言っていたことが、再び吉の胸に突き上げてきた。

「自分から、担保は山と言い出したのよ。だから先方は、人手に渡ることも承知の上よ。いくらなんでも、これほどの金や。誰かて担保なしでは貸せんやろ」

顔から目を離さない吉に、落ち着きのない口調で夫は弁解のように付け足した。

「大阪にいる息子が、博打で借金をつくったらしいわ。わしは人助けだと思ってるわい。娘の為にもきちっとしときたいのやろ。山を売るといっても、金の出せる者がすぐに見つかるとは限らないのや。嫌なら止せばいいやないか」

吉の視線は、自然と夫の口元に移った。荷車を曳き始めた頃の夫は、歯のない状態でも、入れ歯などに使う金などないと言っていた。だが、今ではその口に、ぎっしりと金歯が埋め込まれている。坂を下りて行く老人を、腕組みして見送る夫の少し贅肉のついた根っからの百姓顔にも、したたかさが表れていた。口元は己の豊かさをひけらかす為のようにも見える。歯医者のいない農村では、夫の金歯は目立っている。だからあの老人も、金を借りに来たのだろう。

(賑やかな田辺の街は、夫を変えた……)

弁慶の生誕の地でもある田辺は、ひと昔前は熊野水軍の根拠地であり、神秘的な自然の街として知られる新宮と供に、熊野の中心地として栄えていた。江戸時代には、紀州徳川家の一族や重臣が、湾近くの閑静な地に居を構え、武家屋敷が軒を連ねていた。熊野三山への参詣道も通っている。活気溢れた商業の中心地であるが、漁業も林業も海運も盛んである。農村に生活している者からすれば、地方から大勢の人々が集まって来る田辺の街は、賑やかな別世界だった。吉も内職をしていた頃、この街の呉服屋の仕事をさせて貰っていた。

「荷車に紅白の布でも、飾った方がいいかいの」

わざとらしい咳払いを一つして、夫が坂下に向かって顎をしゃくった。深い縦皺の刻まれた眉間を挟んで、二重瞼の目が同意を求めるように此方を見つめている。あの老人が喜ぶのはそんなことではないと叫びたいけれど、嫁の身で口答えなど許される筈がなかった。不満の捌け口とでもいうように、吉は思い切り荒々しく息を吸い込んだ。

「ええ」

夫から視線を逸らしながら曖昧に頷いて、喉元につかえていた苦い水を、彼女はなんとか飲み下していた。

膾《かい》炙《しゃ》

継ぎの当たった身なりからして百姓だと思うのに腰が低く、男は町方の言葉を使った。節くれた手を重ねて、体の前で軽く握っていた。すぐにぴんときた。吉は細めに開けていた表口の戸を更に開け、閾を跨いで「おだれ」に出た。

坂下から師走の風が吹き上げていた。乾燥した土が塵となって庭に舞い上がった。散り落ちた笹の葉が、円を描きながらぐるぐると回っている。吉は反射的に目を細めた。

男の前に立つと、彼女は言葉よりも先に大きく頷いていた。

「夫は牛小屋で作業をしています。夫にご用ですか？」

「はい、折り入って……」

鳥も塒《ねぐら》についたのか、甲高い百舌の鳴き声だけがする。薄着の男は寒いのだろう。唇が紫色に変わっていた。歯がないため、縺《もつ》れるように動く舌がはっきりと見えた。痩せた体が尚のこと、切羽詰まったものを感じさせずにはいられない。

「私、すぐに呼んで参ります」

五十代の男につられて、吉も普段使いもしない言い方で応じてしまった。

「どうぞおかけになって、お待ち下さい」

内に入るように勧めた。しかし男は二、三歩歩いただけで、閾を跨ごうとはしなかった。吉には決して用件を言わない客が、今宵もまた訪れた。十二月に入ってからこれで五人目だった。いずれも、夫が仕事から帰って家にいる夕方か晩である。

足早に飛石を渡り、牛小屋に出向いて夫に告げに行く。顔見知りの客も多かった。一度金を貸すと、人伝《ひとづて》に聞いて、借りに来る人が次第に増えてきたのかも知れない。台風で農作物に被害の出た秋以降は、よく人が金を貸して欲しいと訪ねて来た。

牛小屋は屋敷の一番端にある。厚い雲に覆われた寒空の下で、百舌がまた甲高い声で鳴いた。急ぎ足の吉は、夕餉の支度をしていたことを忘れてしまっていた。

「お父さん、お客さんや」

夫は、飼い葉桶を明りが入る入口近くに引き寄せていた。押し切り器を桶の上に乗せ、牛にやるさつま芋を切っている。左手に芋を持って刃《は》に当てると同時に、右手で柄を押し下げた。芋はあっという間に桶の中に転がり落ちていく。藁を切るのも、野菜を切るのも、牛の世話には押し切り器が一番役に立った。

農家は藁に糠を混ぜたものを冬場の餌とするが、力仕事をさせている島田の家では、人参、高菜、麦、さつま芋をふんだんに与えた。

「そうか、どんな人や？」

「家の中に入ろうとしないのえ。知らない人え」

あと少しで段取りがつくのに、夫はすぐに作業を打ち切った。「ここに来るのは、思いあぐねての結果だからの」と言ったことがあった。

客の立場になれば、早いに越したことはないが、腹を空かせているのにお預けを食らう牛が、吉は可哀そうになる。

夫は、牛小屋の前に置いている甕《かめ》の水を柄杓で汲んで手を洗った。股引に擦り付けて水気を拭いながら、飛石を急いで渡って行く。また突風のような風が吹いた。竹が大きくうねって、百舌の声を掻き消すようにざわざわとなった。

母屋の表口の前で待っていた男は、窄《すぼ》めていた背中を伸ばした。知り合いにでも出逢ったような目つきで、近づく夫を眺めた。口元にほっとしたような微笑が浮かんだ。

「山本喜作さんから、教えて貰いまして……」

男は二、三歩前に出て迎えて、夫が傍にも寄らないうちに二か月前に来た村人の名を口にした。

「お待たせしました。さぁどうぞ、お入り下さい」

知人の紹介であれば、夫は躊躇なく畳を敷いている奥の間に上げた。

「吉、たくさん火をおこしてくれよの」

奥の間に上がりながら、夫が吉の立っている土間を振り返った。流石に夫も、薄着の姿を見兼ねたようだ。

吉は、火をつけたままで抜けて来た台所に戻った。煤けた薄暗い空間には、飯の炊き上がった匂いが漂っていた。釜の蓋を押し上げていた先ほどまでの勢いは失せ、細い煙のような蒸気が立ち上がっている。薪は燃え尽き、竈の中で真っ赤な炭火になっていた。

十能《じゅうのう》を差し込み、炭火を火箸でかき寄せた。火を多めにとり残して、後は消し壺に入れて蓋をする。朝の菜は消し炭を使って七輪で調理することが多かった。目玉焼きなどは、これに限ると吉は思っている。

「失礼します」

炭火をブリキの缶に入れて奥の間に入った。床の間近くにあった火鉢を、夫は客人の側に移動させていた。座卓を挟んで向かい合った二人を、脇のランプが照らしている。大事な牛の世話まで中断して客と向き合った夫は、柔和な表情に見えた。かつて坂を下って行く老人を見送った、あのしたたかさは全く表れていなかった。

吉は襖を開けた時の膝をついたままの姿勢で、すぐ傍の火鉢まで進んだ。男は、火の礼を言うかのように軽く頭を下げた。

「わしは田辺まで毎日通っていますのや。返済は現金でなくても、麦や米などの現物でもいいです。米など料理屋に持って行くと喜んで買ってくれますわ。都合がつけば、なるべく早く返してやって下さい」

二人の間で、どうやら既に詳しい話は済んだようであった。

「はい。来年は橋の近くの道を整地するということで、おかげさまで一月から土方の仕事がありますのや。よって、二月末には、お返し出来ると思います。なんせ、陽当たりの悪い田圃の上に、今年は台風で野菜が全滅し、米も四俵しか出来ませんでした。この辺りは山が風よけになってあまり影響なかったと聞きましたが、わしらの方は地形がいけません。谷間の田は風の吹き抜けになりました。大阪に嫁に行った娘が、この正月に三年振りに帰って来ますのや。初めて来る孫には、せめてうまいものでも食べさせてやりたいと思いまして……」

夫は上半身を捩じり、膝で一歩下がると、床の間においてある平べったい長方形の木箱を開けた。親指に唾をつけて取り出した証文は、和紙に書き込んだ簡易なものだった。

「では証として、この紙に金額と住所と名前を書いてやって下さらんかの」

夫は、確かめるように目をあてた後、和紙を男の見やすいように卓上で向きを変えた。借用証書とある次の行に「金」と書いてある。下は空欄になっていた。その脇に金利は月四分とある。また次の行に年月日と住所を記入する欄があり、下が空白となっている。最後の行に島田一郎より借用しました。と、夫の拙い筆跡で書き込んでいた。

借り手は金額と住所と名前を記入し、印鑑を捺せばよかった。条件を承知したのか、或いは訪ねて来る前から知っていたのか、男は卓上の中央に置いた証文を納得顔で手元に引き寄せると、竹筒を半分に割った中に並べている小筆を握った。それから乾いた小筆を硯に押し付け墨汁に浸した。

吉は火を火箸で摘んで火鉢の中央に並べた。無関心を装って目だけを動かし、男を眺めた。証文に向かった男の横顔が、場慣れしているように落ち着いていた。返済の目途がある自信からだろう。

字を書き始めると、夫は相手から見えない卓の下で、黒塗りの木箱を開けた。金を取り出し、一枚一枚数えて卓の上に並べ出した。

「二十円でしたの」

「はい、そうです。ほんま、有り難いことです」

男は顔をあげて拝むように頷いた。それから又、一字一字慣れた手つきで、字を書き続けた。驚くほど達筆だった。

「力強い見事な文字ですの。いや、びっくりですわ。大谷さんは、ずっと農業で？」

夫がこんな質問をするのも無理はなかった。

「父親が小学校の三年の時に亡くなりました。それから学校にも行かせて貰えず、母親と一緒に農業をしてきました。わしは、勉強はあまり出来ませんでしたが、それでも行けないとなると同級生に対しては恥ずかしい思いで一杯でした。字だけは人には負けませんでしたので、これだけはと、農作業の傍ら書き続けてきました」

「それだけうまいと、筆も財産ですの。小学校の時にお父さんがのう……。わしもそうでした。おっ母んと二人で苦労の連続でしたわの」

吉は火の周りを火箸で撫でて灰を均《なら》した。夫の言葉に、器用な指先が自分の財産だったことを重ねていた。初めて金を貸した日のあの嫌な気持ちは、いつの日からか無くなっている。財布は夫が握っているが、島田の家も担保で手に入れた山に大金を使ってしまったので、ゆとりがあるわけではないだろう。

字を書き終えて小筆を戻すと、男は背筋を真っ直ぐに伸ばした。

「この齢になりますと、孫に逢うことだけが楽しみになります」

都合がついてよかったと思いながら、吉はゆっくりと立ち上がり火鉢を離れた。大金なら違うのかも知れないが、当世、大卒のサラリーマンの初任給が五十円ほどである。土方の仕事が十日あれば充分返済は可能だ。利息を払ってでも、人は幸せに暮らす方がいい。

「おい、吉よ」

襖を開けて奥の間を出ようとした時、夫が声をかけてきた。客のいる奥の間で、一郎が吉に話しかけたことなど一度もなかった。意外なことで、怪訝な顔で吉は振り向いた。

「この人はな、高瀬からまだ奥の谷から来てくれたんや。遠いとこから来てくれたやろ。これから歩いて帰るにしても二時間近くはかかるわよ。夜は猪に出遭うことも度々あるそうや」

吉は驚いた。この辺りにも猪はいるというが、まだ見たことがなかった。男の村はそれだけ山奥の辺鄙な所なのだ。

（我が家の噂がそんな山奥まで広まっているのか……）

「まぁ、そうでしたか」

しかし、こんなことを言うために、夫が自分を呼びとめたとは思えなかった。

案の定、照れ隠しのように一郎が頭を撫ぜた。

「田辺で買って来たもの、まだ残っているやろ。ここに全部持ってきてくれ」

今宵は低気圧の影響で風が強く、空は厚い雲に覆われていた。半時間もすれば、月の出ていない夜道は漆黒の闇となるであろう。男は寒さに震えながら二時間近く歩いて、猪と出遭うかも知れない谷へと帰って行く。

吉はすぐに一郎の意図に気づいた。いつもと違った視線で夫を眺めた。夫は明日の昼餉の菜の秋刀魚の開きを手土産に持たせようとしていた。今の夫には、家族のことより、秋口以来、殆ど収入のなかった男の家族の方が気にかかるらしい。わざわざ遠くから来てくれたことも、嬉しいのかも知れない。

意味が通じなかったと思ったのか、座卓に手を突いて一郎が立ち上がりかけていた。吉は直ぐに微かに頷いた後、駄目押しするかのように畏まった町方の言葉を使った。

「ただいま、直ぐに」

彼女は襖を閉めると、板の間を渡り土間に下りた。

月四分の金利は、吉には高額に思えた。十円で四十銭の金利は、一年にすると一・五倍にもなると彼女は計算していた。しかし夫が、自分に向かって胸を張って主張した台詞を、今は肯定しないではいられない。

「わしのやり方があくどいと思うか？　けど、いくら世間から強欲と罵られようと、わしはいい事をしていると思っているのや。ほとほと困って此処にやって来る者は、心底有り難いと喜んでくれている。二、三か月で殆どの人が返済してくれるのや。それだと、十円で利息が一円ちょっとかかるか、かからないかのものよ。わしはそういう人に来て貰いたいのや」

去年の夏、初めて金を借りに来たあの老人は担保の山を取られて、一郎のことを非情な人間のように罵った。

「あんさんは鬼や。担保のあの山は、千円は下りませんで。それを七百円で手に入れようとする。膨大な利息を吹っかけて、私を窮地に追いやり、あんさんは私の山を我がものにと企んでいたのやろ。親切に言っているように馬鹿な私は思ったこともあったけど、初めから、その積もりやったのやろ。成り上がりもんには注意することや、という祖父の遺訓を、私は肝に銘じていたつもりやったがの。うまいこと乗せられたわ」

夫を罵倒する老人の大声は、隙間風の入る薄壁を突き抜け、竹藪の間を響き渡ったものだ。

先祖から受け継いだ財産を手放すのは、身を裂かれるように辛いだろう。しかし、それが貸す時の約束事だった筈で、一郎が後ろ指をさされるような事をした訳ではなかった。此方《こちら》から金を借りて貰いたいと頼んだことは一度もない。いつも向こうから頭を下げてやって来たのだ。こうして、金を借りに来る人がいる限り、今後もあの老人のような人が来ないとは限らないだろう。

（人からどのように言われようと、夫は決してあくどい性格などではない。また、夫のやっていることは、恥ずかしいことではない。人助けなのだ）

からからと下駄を鳴らして土間を歩き、右手で暖簾を割って奥に進むと、吉は清々しい空気を胸一杯に吸い込んだ。

茶の間の箱膳の前には、子供達が既に座って待っている。

「お母ちゃん、早う食べようよ」

膳に盛った菜から目を離し、牛の草履を作り終えた武雄が、箸で茶碗を叩いて怒った目を向けてきた。

吉は、おてしょう（皿）に載せた秋刀魚の開きを水屋から出しながら、腹を空かせている子供達に言い聞かせた。

「あと、ちょっとや、もうちょっとだけ待っていよし」

床板の上で手土産の秋刀魚を手早く竹皮に包むと、吉はすぐに立ち上がり、また奥の間に向かった。

夫の好物である夕餉の烏賊の天婦羅が、箱膳の上でランプの明かりを受けて輝いていた。

成熟

日没迄には、まだ三時間余りある。西に傾きかけた太陽を遮った山並みが、田圃半ば迄にその影を落としていた。

今年の稲の収穫は既に終わっている。その後に、この一反余りの田圃には、人参、高菜、さつま芋、キャベツ、大根を植える予定である。人参、高菜、さつま芋は、荷車を曳く牛の餌としても、島田家では無くてはならぬものなのだ。

吉は朝から息子と二人で、犂《すき》で耕起させた畝の整地に余念がない。稲田の地面を反転させて仕上げた畝は、土が大きな塊をなしていて、稲の切株もそのままの形で残っている。これらを細かく砕かなければ、作物は植えられない。

今日は秋風が吹き大気は随分と肌寒いが、三つ鍬を振り下ろし、粗土《あらつち》を砕いて、地面を均す肉体労働は、やはり体に堪え頬りと汗をかく。

(休もう……)

吉は、作業を中断して三つ鍬を足元に置くと、畝間を歩いて水路に沿って築かれている膝高ほどの岸に腰を下ろした。

彼女は両手を思い切り上に伸ばしながら上体を反らし、突っ張るように凝ってきた自身の体をほぐしにかかる。一時間に一度は、このように休憩を取らなければならない中年の草臥《くたび》れた体である。

姿勢を元に戻すと、岸に置いている薬缶《やかん》に手を伸ばし、注ぎ口に被せている湯呑を外した。

注ぎ口の近くに小さな虫が這っている。茶を少し捨てた後、湯呑に注いで喉を潤した。茶は塩の味がする。大量の汗をかく力仕事には、塩分を含ませた茶でなければ、夜に足が引き攣って、少し動かしただけでも激痛が走るのだ。

武雄がゆっくりと歩いて傍にやって来た。しかし岸に腰を下ろそうともせず、立ち止まったまま母親に視線を注いでいる。

深く皺の刻まれた、眼窩の落ち窪んだ年齢よりも老けて見える日灼けした顔が、頭に被った手拭いの下から覗いていた。

「お母ちゃん、今日は随分しんどそうじゃのう。腰凝ったのか?」

訊ねる口調には労わりがある。吉は目を細め、めっきり青年らしくなった息子の顔面を眩し気に見上げた。どういう訳か、武雄は両親には全く似ておらず、都会的で目鼻立ちの整った端正な顔立ちをしている。

「うん、わしも歳じゃ。若いおまはんのようには、いかへんよ。体力が大分衰えてきたわよ。だんだん無理出来んようになるわよ。あぁ、草臥れた」

最後は、芝居の台詞のように大袈裟に言ってみた。内心では息子を揶揄《からか》っているのだ。

武雄は数歩歩いて吉の横に腰を下ろすと、自身の足元に目をやった。

「そうか。じゃお母ちゃん、わしがいなくなったら困るよのう」

声に力がない。どうやら、今の吉の言葉を鵜呑みにしたようだ。

武雄の細面の顎の下で、強張ったように喉仏が上下する。彼は深く吸い込んだ息を、ゆっくりと吐き出した。

(武雄がいなくなる……)

唐突に聞く息子の言葉であった。しかし、吉はあまり驚かなかった。ついに来たかという気持ちでもある。

吉は体を捩じり、息子の心奥を覗くように、武雄の顔面に視線を注いだ。

彼女はゆるりと首を横に振る。

「おまはんがいなくなっても、別に困らんよ」

さり気なく言ってみる。近頃は自身の体力の低下を意識しているが、口にした言葉は、負け惜しみではない。

武雄は、高等小学校を出てから農作業を手伝ってくれている。しかし、心の何処かで、何時の日か息子が郷里を出ていく日が来ることを、覚悟しないわけではなかったのだ。又、農作業には際限というものがない。武雄がいなくなれば、完璧でなくとも、自分に出来るだけのことをすれば充分である。こうして一日は過ぎていくのだ。

「じゃ、お母ちゃん、はっきり言うけど、わしは今の生活が嫌なんじゃ」

さらりと口にしたが、武雄の顔面が次第に紅潮してきた。

「うん、満足してないことは、おまはんの仕事振りを見れば判るよ」

武雄は、一瞬自嘲的な笑みを浮かべた。

「今の生活では、将来に夢が持てんのよ。わしは、大阪に働きに出たいと思っているのや」

「そうか、大阪か……」

遠くを見るように、吉は前方の山並みに視線を移した。

二年前、武雄は地元で働ける国鉄保線区の採用試験を受験したが、生憎不採用だった。地元から四人の受験者がいたが、採用されたのは二人だけだった。

「どうして、お前が選ばれなかったのじゃ。面接で馬鹿なことを言ったんじゃないのか」

夫はそんな言い方をして息子を詰《なじ》ったものだ。採用されたのが、武雄よりも出来の悪い男達だったこともあって、夫は納得できなかったのかも知れない。

その後、武雄は就職を諦めたのか、農業を手伝いだした。しかし、仕方なくやっているとしか見えない息子の態度に、尻《けつ》を割るのもそう遠いことではないと、感じないこともなかったのだ。

「けど、大阪に出て一体何をするというのや？」

跡取り息子が、故郷を出るというのには、それなりの目的があるだろう。吉の優しい眼差しが息子の内奥を引き出していく。

「わしは、働きながら自動車教習所に通って、車の免許を取りたいんや。都会では、車が街中を走っているというのに、ここじゃその免許を取ることも出来んやろ。これからは、車の時代や。お父ちゃんの前では言えんけどもな、こんな田舎にも、車が押し寄せてきて、今は儲かっているお父ちゃんの仕事も、トラックに取って代わられる日もそう遠いことじゃない筈や」

息子の言い分は、吉にも理解出来た。

「じゃ、おまはんは、運転手にでもなる積もりかいの？」

「将来は、そうしたいのじゃ」

「そんなら、おまはんの好きなようにするといいやないか。お父ちゃんは何て言うか分からへんけど、わしは別に反対せんよ」

大阪に出て行ったら、武雄は二度と故郷には戻って来ない気がした。だが、このような陽当たりの悪い山裾の地で、僅か五反の田圃にしがみついて生きていくとなれば、また以前の貧しい生活に戻るのは必然である。地元で職を得て、兼業農家として生活出来れば一番いいと思わないわけではないが、吉は息子の希望を叶えてやりたい気持ちになった。

「お母ちゃんが賛成してくれるんやったら、わし田辺の職安に行ってみようかの」

「うん、そうしてみいや」

免許取得も簡単にいく筈がないだろう。働き口が安定して、初めて叶えられることのようにも思える。

「お父ちゃんにも、相談してみようかの」

以前、息子が就職に失敗した時に見せた、不機嫌な夫の顔が吉の胸に蘇った。面接を受けても、採用されるとは限らないのだ。

「いや、おまはんの気持ちが揺るがないのなら、お父ちゃんには就職先が決まってからでいいやろ。仕事がなければ、大阪にも行かれへんのや」

武雄の顔に不安が過ぎった。彼は一呼吸置くように薬缶に手を伸ばした。

「けど、わしが家を留守にしたら、お父ちゃん変に思うやろうが……」

一口茶を含み、納得のいかぬ猜疑の目で吉を見る。

「採用されなかったら、お父ちゃんに又何て言われるやろう。国鉄あかんかった時には、お父ちゃん凄く怒っていたやないか。今回も駄目になったら、もう救いようがあらへん。友達の所へ遊びに行くとでも言っとけばいいのや。採用されたら、友達に勧められたから決めたでいいのや。それでお父ちゃんが反対するようなら、大阪には行かれへん」

「…………」

言葉が途切れてしまった。母親の伏線は、邪念のない青年には考えもしなかったようだ。十六歳の心の葛藤を、吉は余裕を持って見つめる。

やがて武雄の顔面に、苦笑が浮かんだ。

「わかった、そうする」

武雄は自嘲的な笑みを浮かべ、吉の意見に同意した。

畝の整地が片付いた二日後、武雄は田辺の職安で、天王寺区にあるN病院を紹介された。

「早うせんと、他の者に決められてしまうかも……」

不安がる武雄は、その日の夜行列車で天王寺まで出て、午前中に面接を受け、即決で採用された。N病院といえば大病院で聞こえはいいが、学歴も特殊技能もない武雄に出来る仕事は雑務係だった。シーツの洗濯やベッドの整頓、荷物運びなど、必要に応じて色々とやらねばならない事もあるが、院内の清掃が主な仕事である。いくら人手不足だからとて、雑務のような仕事でなければ、臨時の募集や即決などあり得ないだろう。

石の上にも三年である。将来の目的の為には贅沢は言えない。しかし、幸いにして寮があり、仕事を辞めない限り寝食だけは保障されている。

「わしが大阪に出ること、お母ちゃんからお父ちゃんに言って貰えんかのう……」

昼間、二人で田の岸に座って休憩を取っている時、武雄が思い詰めた顔で言う。自分からは父親には言い難いのだろう。

面接を受けに行くことを、前もって言うなと諭したのは吉である。昨夜の武雄の帰宅が十一時を過ぎていたので、今朝は遅い起床となり、仕事に出かけた夫とは、顔を合わせてはいないのだ。

「分かった、任せろ。けど、この話は、今日の昼間におまはんから初めて聞いたことにするからな。行く前からわしが知っていたとは、口が裂けてもお父ちゃんには、言ったらあかん。いいな」

吉は、きつく言い含めた。

「おまはんは、いつもの時間に帰って来るんやで。その方がわしとしても、話しやすい」

一緒だと、相手の出方次第で襤褸《ぼろ》が出る可能性もあるのだ。

「分かった」

武雄は恥じらうように笑うと、すぐに岸から立ち上がった。畝間を歩く後ろ姿にも、肩の荷を下ろしたような安堵が感じられた。

夕方六時近く、庭に荷車の軋む音がした。仕事を終えて一郎が帰って来たのだ。

一本の沢庵を細目に切り終えた吉は、それをどんぶりに移した後、甕の水を柄杓で掬って、俎板と包丁を洗った。

吉が用意するものはこれだけである。夕食の菜は、一郎が田辺の街で買って来る。竈の飯の火付けは、もう少し遅い方がよい。吉は、二分程の間《ま》をとり、藍色の暖簾を潜って土間を歩き、閾を跨いで外に出た。

陽射しの失せた庭の飛石の上をゆっくりと歩き、半纏を着た股引姿の夫に近づいて行く。夫は日除けに被っている笠を、まだ頭につけている。

「お帰りなさい。お疲れさまでした」

牛小屋の近くにある桜の木に牛の手綱を巻きつけていた一郎は、吉の声に驚いた顔で此方を振り返った。足音を花枝と思っていたのだろう。吉がこの時間に家にいることは、殆どないのだ。

「おう、お前帰っていたのか」

労働を終えた牛の目は、少し充血している。草以外に、一日に麦一升と、さつま芋等の栄養豊かな餌の為か、艶やかな毛並みの反面、筋肉の盛り上がった体全体にも、疲労が色濃く出ていた。

吉は、青草と水桶を牛小屋から桜の木の下へ運び出し、牛の足元に置いた。牛はすぐさま水桶に口を近づける。

「よし、よし、今日もおおきによ」

一郎は労うように優しく言葉をかけながら、束子で牛の体を撫で始めた。田辺で買ってきた菜は、まだ荷車の上に載せたままである。島田家においては、牛への感謝が最優先されるのだ。

けれど、大切な話を躊躇してはいけない。吉はすぐに要件を切り出した。

「武雄に昼間聞いたんやけど、一昨日はあの子、我々には大阪の友達の所へ遊びに行くと言ってたやろう。けどな、実際は違うのよ。あの子、田辺の職安で紹介されてN病院の面接を受けに行ったんやて。昨日の午前中に面接受けたらしいわ。それで即決で、N病院で働くことになったて言うのや」

牛を撫でていた一郎の手の動きが止まった。

「…………」

寝耳に水の話である。疲労の表れた顔面に驚愕の色が浮かび上がった。

吉は固唾を呑んで一郎の言葉を待った。

「N病院で働く？　一体どういうことや」

やっと出た声が掠れている。

「あの子、今の生活が嫌なんやて」

何んと短絡的な言い方を吉はしたのだろう。一郎は眉を顰め、忌々しい表情を露わにした。

「あいつ、わしらと一緒に暮らすことが嫌と言うのかよ」

この解釈に吉は慌てた。あれほど、言うべき言葉を考慮し、田圃から引き上げてきた筈だったのだが……。

「いや、違うのよ。武雄は農業よりも、もっと他にやりたいことを見つけたんや」

「やりたいこと？　病院で……、一体どんな仕事をするのや」

学歴も、何の資格もない息子である。見えない相手を見下すような一郎の視線に、吉は固唾を呑んだ。

「雑務係やて言うてたけど……」

「雑務係って、何をするんや？」

凡そ見当はついているだろう。が、敢えて一郎は鼻先であしらうような訊き方をする。

「院内の掃除が主な仕事らしいのよ。何の資格もないんやから、そんなもんやろ。けど、その仕事をやりたいのじゃないのよ。あの子、将来は運転免許を取って、車の運転をしたいのやて」

「運転免許？」

険しい目の色に変化が現れ、顔付きが柔和になってきた。

「うん、運転手になりたいのや。雑務係はその足がかりに過ぎないのや」

止まっていた手が、再び動き出した。

「そうか、あの子そういう夢を持っているのか。それやったら、武雄のやりたいようにさせてやったらいいのや」

運転手と聞くと、一郎は反対するどころか、寧《むし》ろ笑顔になった。

この展開が吉には意外だった。

毎日石材を積んだ荷車を曳き、一歩一歩とゆっくり前進する牛の背を見ながら、押し寄せてくる時代の波に脅え、将来に不安を感じていたのは、武雄よりも寧ろ一郎の方だったのかも知れない。

一郎は言葉を続けた。

「働くと言っても、雑務係では武雄も辛い筈や。けど、車の免許を取りたい希望があれば辛抱も出来るやろ。十八歳まで後二年やないか」

医療従事者が闘歩している院内で、雑務の仕事をこなさなければならない武雄の心中は、言葉では表現出来ないほど肩身が狭いだろう。

「いずれは、病院のお抱え運転手になるつもりでいるみたいやで」

「そうか、しかし運転手は武雄に案外合っているかも知れんな」

性格の良さそうな顔をしている武雄の運転では、乗る方も安心出来るに違いない。

「夢があれば少々のことは辛抱できるやろ。けどお前も、また忙しくなるのう。あんまり無理するなよ。わしには、お前の体が一番大事やからの」

初めて聞く、耳を疑うほどの一郎の優しい言葉である。息子を送り出さなければならなくなった母親への思い遣りなのかも知れなかった。

「この先、トラックの免許でも取れれば、故郷に戻って来ることだってあるかもの」

一郎が、先の希望を口にした。

自身の仕事が時代の波に呑まれた時、武雄がその後釜になると、一郎は考えているのだろうか。

一軒の店もない、生活用水もままならない、不便な山腹の生活から、水道のある便利で賑やかな大阪の街に出て、武雄は次第に都会に呑まれていくように吉には思えるのだ。

「わては、戻らない気がするけども……」

自身の反論に唾を呑み、上目遣いに一郎を見る。

「それでもいいやないか。本人のしたいようにさせてやればいいのや。わしも今の仕事を始めるに当たっては、お前に農業を一切押しつけて我を通したやないか。そんなわしが武雄に何が言えるというのや」

一郎の決断は、自らの過去と対峙しているのかも知れない。一応、吉も武雄が大阪に出ることには反対はしない。しかし、あの子が永久に故郷に戻らなければ、ご先祖様が開墾した田畑は引き継いでくれる農民もあろうが、竹林に囲まれた山腹のこの家は、いずれは化け物屋敷のように荒れ果てるだろう。それを考えると、吉は言いようのない侘しさに襲われた。しかし、そうなれば吉の立場では、もはやどうすることも出来ないだろう。

困惑

体に圧迫感を感じ、吉は目を覚ました。ざわざわと竹の擦れ合う音がしている。が、いつもと違うことに、すぐに気づいた。音がまるで水中にいるように籠っていた。それに家の周りの竹だのに、何故か遠くから聞こえてくる。

（どうしたことか、布団がやけに重たい）

頭だけを残して、砂を被せられ、身動きのしにくいあの感覚である。尋常ではない重さに、呼吸も痞《つか》えた。

毎晩、床に就くと五分もしないうちに深い眠りに落ち、吉は朝まで泥のように眠った。今夜のように途中で目覚めるなど一度もなかった。

（体も谷底に沈んで行くようにだるい……）

よくない何かが起こったに違いなかった。闇が不安を一層大きくした。仰向けのまま、見えない天井に目を当てて、吉は浅い呼吸を繰り返した。

隣の布団からは、規則正しい寝息が聞こえた。寝入ったばかりの夫は、大きな鼾《いびき》をかくが、ぐっすりと寝てしまうと、鼾は軽い寝息に変わった。

吉は体を起こしにかかった。

（えっ……）

どうしたことか、起き上がれない。手も足も指さえも金縛りにあったように動かなかった。

このままの状態が高じれば、終いには呼吸さえも止まってしまう気がする。息苦しさは、その前兆かも知れなかった。

夫に、夫に伝えなければと気は急くが、声さえ出てこない。

（ぽっくり病というのは、こういうことなのか……）

吉は急に命の終末を感じた。人生の幕引きは、もっと先のことだと思っていた。恐怖と侘しさが胸に突き上げてきて、暫く布団の重さを忘れていた。

——子供の頃見た夢。

死神が天空から長い手を伸ばして、次はお前だと捕まえに来た。岩陰に隠れたり、洞穴に入り込んだりと逃げまどうた。

「生きた人間を食べ続けないと、わしは生きていかれないのだ」

深い谷や、険しい岸壁も飛び越えられて、吉は懸命に死神から逃れた。しかし、死神の手は執拗に追って来た。

とうとう腰紐を掴まれ、天へと吊るし上げられた。

「助けてくれ、助けてくれ」

手足をばたつかせ、必死で叫んだ。声が届いているのに、地上の人間は当然のように受け止めていて、誰一人として空を見上げもしなかった。

目覚めた時、布団の外に上半身がはみ出ていた。体は冷え切っている。手を強く握りしめていた。ぞっとするあの怖い夢は、いつも寒い冬の季節だった。

（お父さん、吉を助けて下さい。ナンマイダ、ナンマイダ、ナンマイダ。仏様、ナンマイダ、ナンマイダ、ナンマイダ……）

不安な渦が幼い頃の夢と重なって、吉は心中で必死に祈り出した。

また、竹がざわざわと鳴った。先程より更に音が籠って聞こえた。

（夫は後妻を迎えるだろうか）

生に縋りつき、助かりたいと祈るのに、反面、自分のいなくなった後のことが浮かんできた。家事を任せるには、花枝はまだ幼過ぎた。

今この時になり、変化のない平凡な日常の有り難さが身に沁みたが、もはや無限の距離を感じずにはいられなかった。

あの竹の音をこの先も聞けたらと、ありったけの代償を思い浮かべ、吉は縋るように祈り続けた。夫の寝息は、耳元から遠のいていた。

――どのぐらいの時間が経ったろう。

重かった布団が少し軽くなった。体が少しずつ、谷底から浮かび上がってくるようである。指先も緩やかに動くのに気づいた。恐る恐る足も動かしてみて、吉は深く息を吸い込んだ。

「ありがとうございます。ありがとうございます」

安堵して目を瞑った。目の奥が光が射しているように明かるかった。もう一度更に大きく息を吸い込んだ。それから彼女は震える手を胸の上に持っていき、しっかりと組み合わせた。

吉は賑やかな商店街を抜けて、煙草屋の角を曲がった。路地一つ違うだけで、ここは閑静な住宅街だった。百間ほどの通りに数人が歩いている。趣のある二階建が建ち並ぶ通りは、まだ建物の陰になっていて冷んやりとしている。立派な門構えのある武家屋敷迄は、この状態が続いていた。

吉は歩調を緩め、十三年振りに歩く南新町の路地を懐かしげに眺めやった。側溝には、二日前に降った雨水が溜まり、薄い氷が張っていた。仕立物を届けに来た帰りに、この道を歩いて扇ケ浜に出るのが、嫁いだ頃の彼女の習わしだった。実家が海の近くで、子供の頃聞き馴れた波の音を耳にしていると心が和んだのだ。

病院は武家屋敷の通りから少し離れていた。二階建の建物の裏手には、樹齢二百年は経つ立派な松の木が屋根近くまで伸びて、冬の朝陽に輝いている。建物は最近建て替えられて新しい。徳川の時代には、紀伊田辺藩の城下町として栄えた街に相応しい茅葺きの病院であった。さほど広くもない庭に、綺麗に整えられた十数本の躑躅《つつじ》が昔の名残を留めていた。

(狐につままれたような話を、医者は信じるだろうか……)

今は普段と変わらない体の状態である。寝ぼけていたのかと言われかねない。

「町の病院で、診てもろうて来い」

朝、夫に言われ、七時過ぎに家を出た。二時間近くかけて田辺の町までやって来た。光を反射している門を見て、胸中が次第に波打ってきた。病人として俎上に載るには、今も体に異常を感じていなければおかしかった。あの竹の音をこの先も聞けたら、どんな代償でも払うと必死で祈ったことが思い返された。

覚悟して病院の玄関扉を開けた。軋む音で、待合室の椅子に座っていた全員が一斉に吉の方を振り向いた。瞬間、四十二歳の自分が一番若いと感じた。

九時を回ったばかりなのに五人もいる。廊下のような細長い板床には、長椅子が四つ向かい合わせに並べてあった。三坪ほどの中央の空間には、大きな火鉢が台の上に置かれていた。室内は暖かく、明るかった。清潔そうな白壁の南側には、小料理屋にでもあるような丸窓が造られている。風に揺れて、磨りガラスに映る樹木の影は、蘇鉄のように思われた。

一時間ほどして名前を呼ばれ、診察室に入った。柔和な顔をしている五十代の医者は、折り目のついた白衣を着ていた。

「どうぞ」

脱いでいた羽織と肩掛けを脇の竹籠に入れると、吉は軽く頭を下げて医者の前の回転椅子に座わった。傍の火鉢も炭を継ぎ足したばかりと見えて赤々としている。

「どうしましたのや？」

患者の緊張を解いているのか、医者は顔馴染みのような気さくさで話しかけてきた。

吉は無駄を省いた。

「昨夜、息苦しさに目覚めましたら、体が自由になりませんでしたのです」

「自由にならないとは、どんな風にや？」

医者は、訝るような眼差しを向けてきた。こんなことを言う患者は珍しいのかも知れない。

「金縛りにあったように手も足も動きませんし、布団がとても重く感じられたのです。それに体が谷底に沈んで行くようにだるかったです」

医者は驚きの表情で、吉の顔色を窺っている。視線が上から下へとゆっくりと移動して、膝に揃えた手で止まった。

「此処へは、誰かと一緒に来たのかい？」

異常な状態がまだ続いていると思っているらしい。吉は慌てて首を横に振った。

「一人です。今日は嘘のように何ともありませんが、夫が診てもろうて来いと言いましたので……」

「そうか、なら、ちょっと胸診ようかの」

両手は袖からすぐに出せるように、木綿の普段着を着て来た。帯も紐帯で緩く締めている。吉は衿ぐりを引っ張って右腕を袂から抜き、それから左腕も出した。肩から腕にかけて筋肉質の上体を曝すと、医者から目を逸らし、両手を脇の下に垂らした。

医者は、左の乳房の下に聴診器を長いこと当てていた。三十代の前半に隣村の診療所にかかった時は、すぐに離して胸全体に当てていったことが記憶にあった。吉は次第に不安で、胸が高鳴ってきた。

「手、ここに載せてみい」

左手を机の上に置いた。聴診器を外すと、医者は親指をあてがって手首の脈をはかった。

「ちょっ、ちょっと待ってみいや」

脈をとった後に、膝に戻そうとする吉の手を掴み、胸の上まで持っていった。顔を近づけ、医者は五本の指先をじっと見ている。丸く盛り上がっている爪が、彼女の場合は中央が匙《さじ》のように窪んでいる。娘時代はこんな爪ではなく、皆と同じように丸く盛り上がっていた。どうしてこんな爪になったのか判らないが、五本の指の動きは意のままである。百姓仕事には何の支障もない。爪の形など、普段は気にも留めることはなかった。

吉は奇形を嗤《わら》われたように赤面した。

「どうしてでしょう？」

「栄養失調じゃ」

事も無げなく言い手を放すと、医者は盛り上がった両肩から筋肉のついた太い腕へと、両手できつく掴んでは、下へ下へとずらしていった。

「家族はどうじゃの？」

吉だけがこうなっている。食卓は寧ろ贅沢な方であった。

「私だけです」

納得顔の医者を、吉は猜疑の目で見つめた。

「腕にも筋肉がしっかりついているわの。男でもこれだけの筋肉は珍しいわよ。何んにも訊《き》かんやて、あんたの日常がわしにはよう判るわ。しかし、もう少し桃色であればのう」

「桃色？　それは爪のことですか」

「そうじゃ。あんたは陽に灼けているけど餅肌で、肌の色も顔の艶もいい。けど、働き過ぎはあかん。もう少し自分の体を労わってやらなの。不整脈て言うて、脈が乱れているのや。心臓が働きまくるあんたについていかれへんのや。その証拠に、爪の色がだいぶ白っぽい。こういう色はの、心臓が弱っているか、肥大している証拠や。どうや、息切れするやろ」

医者は自分の大きな手を並べた。

「比較してみい、普通はこんな色やで」

指先で、吉の指を突いてきた。医者の爪は桃色で、油を塗ったような光沢のある堂々とした爪である。どうしようもない生活の違いが窺えた。吉は溜息をつくように大きく息を吸った。

呼吸が乱れて、頭がぼうっとする体験を何度かしたことがある。息切れは、激しい仕事だからと諦めている。

「夕べやて、あんた死んでもおかしくなかったんやで」

医者の注告のように手を抜けば、田畑はたちまち荒れていくだろう。それが出来ない性分だから必死で守ろうとしているのだ。土地は代々引き継がれてきた島田家の財産である。その財産を吉は先祖から受け継いだ。体の動ける限りは、嫁として守るのは当然の義務だと決めている。

吉は異国の風景を見るように医者を眺めた。

「月のものは、ちゃんとあるのかい？」

目を伏せ口籠もった。二か月位の割である。ひどい時は三か月もこない。

「なんや、ないのかえ。前はいつあったんや？」

誤魔化しの利かない質問である。

「五か月前です」

「わし、ちょっと気になるさかい、帯を解いて、ここに寝てみよし」

「えっ？」

思いがけないことで吉は顔を上げ、医者を見つめた。予期せぬことは嗜虐《しぎゃく》にも等しい。頬が火照ってくる。

「早う、上がりよし」

忙しい日常に、躊躇する手間のかかる患者は迷惑だろう。吉は無感情を装うしかなかった。解いた紐帯をさっと竹籠に入れると、寝台に上がり両手を固く握りしめた。彼女は医者との間に幕を引くように目を瞑った。

「もっと、肩の力を抜いて楽にの」

早く終わればいいのに、医者は下腹部にラッパのようなものを当てたまま、なかなか離さなかった。

「やっぱりそうや、あんた妊娠してるで。赤子の心音が聞こえるのや」

思わず目を瞠った。雷に打たれたような衝撃が体内を貫いていた。喜ばしい筈の生命の誕生に、五十六歳という夫の年齢が高い尾根のように聳え立っている。

（孫を抱くような歳になって……）

　感慨よりも困惑が、吉の胸に去来した。自分も健康な体ではないのだ。無事に産まれても、果たして子が成長するまで二人が生きていられるかさえ疑問である。

「もう、済んだんだよ」

　びくっとして、医者を見た。何気ない口調が、怒気を含んだように、卑屈に彼女の心に響いた。天井の節穴に目を当てたまま、吉は少しの間、寝台を下りることを忘れていたのだ。

「すみません」

　慌てて両手を突っ張って体を起こした。

「あんたも高齢や。子が産まれるまではしっかり養生しよし。そうせんと、胎児どころか、あんたの命もないで」

　既に机に向かって書類に書き込んでいた医者は、母体と子の健康を気遣って応援してくれているのだろう。だが、素直に生命の誕生を喜べない悄然《しょうぜん》とした心は、誤魔化しようがなかった。

「ありがとうございました」

　医者の背後で、吉は寝台から下りた。礼は言ったものの、心ここにあらずである。足元の上履きが谷底にあるように見えた。

矜持

斜向かいに座っている娘の視線に気づいて、吉は顔を向けた。夕餉の席で、十三歳になる花枝が、何か言いたげに箸を止めていた。この頃、頬に丸みが出て、女の子らしくなった。日灼して色は黒いが、花枝は二重瞼の人懐っこい目をしていた。前髪をあげれば、美人になるであろうと思われる整った顔である。だが、洗髪を嫌い月に一度も洗わないので、全く櫛を通さない少し癖のあるおかっぱは、汚れてぼさぼさになっていた。まだ自分の美貌に気づいていないのが幼気《いたいけ》ない。

花枝の視線は、吉にではなく父親に注がれている。

「お父ちゃん、うちが学校休んで、お母ちゃん助けてあげてもいいやろ」

思い詰めていると見えて、切り口上の甲高い声であった。

（えっ……）

湯呑に伸ばした手を、吉は一瞬止めてしまった。どうやら、先程の夫婦の会話を襖越しに聞いたらしい。

「うちだけやないで。洋子ちゃんも、佳代ちゃんも、家の手伝いて言うて、よう休んだりするんよ」

吉は真向かいに座っている夫に目をやった。苦境の身に、この申し出は正直ほっとした。が、親としては、流石に気が引けた。

娘の言葉など耳に入らなかったように、夫は夕餉の菜を頬張り続けていた。声が届かない筈はない。このところめっきり老け込んだ気難しい顔が、ランプの光で浮き上がっている。陰影がはっきりしているので、五十代後半の皺の多い顔は、太陽の下で見るよりも威圧的であった。

十三歳の年齢で父親と死別した夫。病弱な父親の為に小学校にもまともに通えず、母親と田畑を耕したと何度も聞かされた。皆と同じように学校に通えなかったことは、幼い男の子には悔しかったらしい。娘には自分の二の舞はさせたくはないだろう。

茶を注ぎながら、既に花枝の申し入れを受け入れたように、吉の心が波打ってきた。他に妙案があるとは思えなかった。そうすべきだという考えが、吉の心にふつふつと湧き上がってくる。自分が働くことを控えなければ、子など産めはしないだろう。

目の前に突き出された娘の茶碗を受け取ると、吉は何食わぬ顔で二杯目の飯をよそっていた。嫁に来てからと言うもの、彼女は何一つ主張せず、夫につき従ってきたのだ。

「お父ちゃんも、お母ちゃんも、何で黙っているのや」

茶碗を受け取ると、花枝は声を荒らげた。

「折角、うちが手伝ってあげると言うているのに……」

腹が立つと見えて、ご飯を忙《せわ》しく掻き込む。吉は唾を呑み込んだ。

返事を待っているのは、吉も同じである。口に当てた茶碗の縁から、夫の表情を窺ってみる。無表情を装いながら、夫は菜を頬張り続けていた。噛み下すたびに、金歯が剥き出しになった。夫も葛藤しているらしい。

「ほうか、そうしてくれるか。有り難いの。忙しい時だけでいいのやからの」

箸を置くと、やっと夫はにやっと満面の笑みを浮かべた。温かい鍋の菜に、冬だというのにこめかみには薄らと汗が滲んでいる。病院の帰りに、田辺で買ってきた鶏肉は、夫の好物であった。

「お母ちゃんも、嬉しいよなぁ」

同意を求めて、夫は吉に視線を投げてきた。後ろめたい気持ちなど全く感じていない言い方をする。心と裏腹なことが吉にも感じられた。久し振りの夕餉の馳走に、緩む気持ちがあったのかも知れない。

(夫さえ許してくれるならそれでいい……)

娘の学業をなおざりにして、吉は胸の痞えを下ろした。長男の武雄が、大阪のN病院で雑務係として働いているので、花枝しかいないのだ。

「でも、お前は勉強せんでいいのか」

一応は訊いてみないと気が引ける。吉も女に学問は要らないと祖父に言われ、一番よく出来ながら、小学校三年で終わったことがどんなに悔しかったことか。

「かまへん、うちは勉強が嫌いや」

競争心がないのか、予習と復習を全くしない子であった。宿題なども出ていないのではないかと疑ったりしてきたが、花枝の成績は決して悪くはなかった。

「おおきによ。お母ちゃん、正直助かるえ」

女の子と遊ぶより、相撲などして男の子と遊んでいたおてんば娘の性格が、今日ほど有り難いと思ったことはなかった。花枝は幼い頃から農業を手伝ってくれたのだ。体力的には劣るけれど、農作業に対する気合いは武雄の比ではなかった。体を動かすことが好きなのかも知れない。

「でもうちな、家庭科のある日は絶対に休みとうないのや。そろそろ着物を縫うことになっているのえ」

花枝は言いながら、瞳を輝かがやかせた。

着物と聞いて、吉は「お母ちゃんが……」と叫びそうになった。断ち切った筈の遠い過去が蘇ったのだ。呉服屋の主人にあんたさんほどの人は滅多にいないと、言われた自負が頭を擡げていた。

（もうそんな年頃なのか……）

吉はやはり教師に教わる方がいいと思い直した。

「お礼にな、綺麗な反物を買ってあげるえ」

美しい柄の反物に、十代の吉はやりがいを感じたものだ。学業を犠牲にして母親を手伝ってくれる娘に対して、せめてもの償いの積もりだし、生来の才能があれば、美しい反物は娘の心を触発させると思われた。

「お母ちゃん、ほんまか」

「うん、次に病院に行った時に、買うてきてあげるえ」

「嬉しい。うち一生懸命働くよってにな。お母ちゃん、ご飯おかわり」

花枝は高々と、右手で茶碗を突き出した。


表戸を開ける音に、花枝が奥の部屋から床板を軋ませてやって来た。風呂敷包みを抱えて嬉しそうな顔をしている。どうやら吉の帰りを待ち構えていたらしい。

「おかあちゃん、うち、先生に褒められたんや」

そう言いながら、風呂敷を広げた。楽しみにしていた着物の仕立をやりだしたらしい。既に裁断を済ませた赤い絵柄の反物は、背縫いと、脇縫いを仕上げていた。

「うちはな、筋がええんやて」

と、得意顔である。あまり褒められたことがないのか、花枝はよほど嬉しいらしい。

「ほうか」

衰えた視力を庇い、吉は上がり框に座ると、尻を浮かせ、反物に目を近づけた。まだ糊の匂いがする絣の生地の上を、右掌で愛おしげに撫でた後に、吉は畳んでいる身頃をひっくり返した。

運針《うんしん》に向かうと、彼女は自然と獲物を狙う鷹のような目付きになった。

「………」

口籠もった。期待外れである。失望が吉の顔に表われた。

「皆に頑張って欲しいから、先生は誰にもそう言うのえ」

躊躇したが、本音を口にして、吉はゆっくり背筋を伸ばした。

「ううん、違う、うちだけや。先生は、うちだけに言うてくれたんや」

花枝は握りこぶしで母親を噛みつくように見て、自分が一番だということをことさら強調した。

(これの何処がいいのか……)

他の子を知らないので比べようがない。が、確認のために、吉はもう一度、放した身頃を手にとって顔を近づけた。

やはり針の乱れが、許容範囲を越えている。

(褒める教師がおかしい……)

比較するものは我が技術だけである。ただの直線縫いに、もっと慎重になれないのかと、口に出そうになった。

今のうちだと思うと、吉の心に葛藤が湧き上がってきた。

「花、お前は百姓が好きか」

「何でや？」

一変した話題に、花枝は怪訝な顔をした。

「だって、お前一生懸命に、農業手伝ってくれるやないか」

娘はたちまち怒った顔に変わって、勢いよく立ち上がった。

「百姓なんか嫌いや。勘違いせんといて。うちはな、お母ちゃんを助けてあげたいだけや。あんなもん、好きと思ったことなんか一度もないよ」

吉は思わず息を呑んだ。腹立ち紛れに本心を露わにして、今にも涙が溢れそうになっている娘の顔を驚きの表情で見上げた。吉の胸に寂寥感が去来した。

「じゃ、何が好きや？　花は大人になったら何をしたいのや？」

冷静な気持ちに戻って、吉は再び訊いた。

「うちはな、着物を縫う人になりたいんや」

じわっと、胸に熱いものが込み上げてきた。武雄と同様に、容貌は母親とは似ても似つかぬ彫りの深い顔をしているが、娘は明らかに吉の血を受け継いでいた。

「…………」

吉はすぐには応えられなかった。正直に今の気持ちを言葉にすれば、涙が頬を伝うだろう。

「うち、なれるかな？」

首をかしげながら、娘は恥ずかしそうに母親を見た。花枝は将来に対して、不安があるのかも知れない。嫌いな農作業をやり、吉を助けてくれる娘である。希望の持てる言葉で背中を押してやりたい。しかし反面、吉の胸に突っぱねたい気持ちが湧き上がってきた。

「そうか、分かった」

吉は手を伸ばして、素早く身頃を手にとった。

「何するんや！」

花枝の甲高い怒声が轟いた。あっという間に、吉は背縫いと脇縫いを引きほどいていた。

「この出来に満足するようなら、縫う人にはなられへん」

才能は妥協を許さない下《もと》で伸びていく。年齢など関係ないと、吉も祖母からきつく仕込まれた。直線縫いがこんなことでは、自分のような優れた縫い子には絶対になれはしないだろう。

「お母ちゃんに、何が分かるんや」

母親の過去を知らない娘は、食ってかかってきた。

「分かっているから言っているのえ」

「嘘や。お母ちゃんは、うちに嫉妬しているだけや」

二の句が継げなかった。嫉妬とは優れた者に対して抱く愚かな感情である。吉は今でも自分を越すほどの者はなかなか現れないだろうと自負していた。指先を鎌で切った時も、まだ縫おうと思えば縫えないことはなかっただろう。案の定、呉服屋の主人は、「素人が見ても、気づきませんよ。少しぐらい、いいやおへんか」と無念の顔をした。が、吉の矜持が許さず、あの日を境に仕立物からはきっぱりと手を引いた。

吉は、ふんと鼻先で笑った。生意気な口を利くなと言わんばかりに、瞬時、他人を見るような目付きで娘を眺めた。花枝の鼻息は荒い。肩も胸も上下に大きく波打っている。本人にしてみれば、教師に褒められただけに一生懸命に縫ったと察せられた。吉の行為が、許せないことは聞かずとも判る。

（この娘《こ》を生かすも殺すも、自分次第かも知れない）

吉は両手を突っ張って、上がり框の縁に立ち上がった。我が血を受け継いでいるならばと、娘の天賦を信じないわけにはいかない。道は険しくとも、母親として可能性を伸ばしてやらねばならないだろう。

「ちょっと、おいで」

手首を掴んだ。やはり花枝は体を捩って抵抗した。その腕を強引に納戸へと引っ張って行った。老いぼれても肉体労働で鍛えた筋力は、十代の男子よりも強い。

見せたいものがあると、半年近く開けていない長持の蓋を開けた。底の方に手を入れて、嫁に来る前に縫った刺繍入りの正絹の着物を取り出した。まだ一度も着たことがない着物だった。嫁ぎ先の生活では着る機会がない立派なものだ。

「お母ちゃんが娘時代に縫ったものや。よう見よし。花に才能があるんやったら、勉強になるえ」

言いながら、投げ出すように娘の膝に着物を置いた。

はっと息を呑み、娘は目を瞠った。一見しただけで、常人の手に負えない代物であることが判ったらしい。

「お母ちゃん、縫えるの？　こんな上等なものを……」

花枝は震える手付きで、着物に手を伸ばした。

「凄い……」

裏をひっくり返したりして、目を皿のようにして見ている。十六歳の時に縫った吉の自信作である。花枝が魅せられるのも無理はなかった。

「昔から、技術は教えられるものではなく、見て盗むもんやて言うやろ。でもな、解らんことはお母ちゃんに訊いたらいいいえ。その着物は花の手元に置いとき。あんたのお手本や」

いずれは娘にやろうと思っていた着物である。着るだけが着物の役目とも言えまい。娘が百姓を嫌うなら、地元を離れる以外、農作業から逃れる道はないだろう。武雄のように都会に出て行くにしても、狭い門の女の歩んで行く道で、技術は何かの形で身を助けるに違いなかった。

「こんなにも上手やのに、お母ちゃんはどうして縫わないのえ？」

娘の質問に、吉は躊躇なく先が斜めに切れ込んで爪の形の変わってしまっている人差し指を突き出した。この指は、人目につかないように絶えず気を遣ってきた。花枝を身籠っている時、竹の花を刈りに行って引きつけのような腹痛に気を失い、鎌で切った指先であった。

「この指先では針が逸れていくのや。お母ちゃんは、日本でも五本の指に入るほどの腕前やと人から言われてきた。だからの、いいかげんな仕事では、自分自身納得できんかった。止めてしまうには惜しいと言ってくれる人もおったけど、お母ちゃんは、きっぱりと縫うことを止めたのや。けど、今まで一度たりとも、止めて勿体ないなどと思ったことはないえ。この気持ち、花に解るか？」

真剣な花枝は瞬きもせず、暫く母親を眺めていた。娘は着物の裾を手にしたまま、身動き一つしなかった。やがて花枝はゆっくりと頭を縦に動かした。

「低い所で満足してたらあかんえ。せいぜい、頑張りよし」

この仕上がりに触発され、精進することを祈りながら、吉は長持の蓋を閉めた。

意地

また下腹が絞ってきた。これで四度目だ。次第に強くなってくる。まさかとは思う。生まれるまでにまだ二か月もあるのだ。けれど、過去の出産の時のような感じがしないでもなかった。用心に越したことはない。吉はすぐに作業を止め、鍬を担いで畝間を歩き、岸の上に出た。

歩き出すと痛みがぐっと増してきた。二度の出産と比べ、事があまりにも先へと進み過ぎた。

(間違いない。ややが出てくる)

二か月の早産は、やはり尋常ではないらしい。

(家に辿り着けないかも知れない)

吉は気持ちばかりが焦った。落ち着かねばと思うが、息切れがし、足が縺れた。四十二歳という高齢と、体力の限界を超えていると思われる農作業で、体調もすぐれないのだ。腹の子が体内に止まっていられず、一刻も早く出たがっているらしい。

ようようの思いで家に辿り着いた。這って板の間に上がった。息を凝らし、仰向けになったが、引き攣った足が膝を伸ばすことを困難にした。曲げたまま揺れているように見える天井を見つめた。無意識のうちに両掌を胸の上で組み合わせていた。

次第に足が床に着いてきた。安堵して脂汗の滲んだ頬を膨らませ、吉は大きく息を吸い込んだ。同時に感謝の気持ちも湧き上がってきた。道端でするお産など生涯の嗤《わら》いものだ。

二時間後に吉は女の子を産んだ。近隣の知らせで駆けつけた産婆は、出産の用意をしきれなかった。

赤子はすぐに大きな産声をあげた。花枝の時より力強い泣き方なので、早産の不安など吹っ飛んでしまった。

「女の子でっせ」

産婆の声が大きく部屋に響いた。島田の血を受け継ぐ子を、無事に世に送り出し、吉は胸を撫で下ろした。

「育つかのう」

その声に吉は息を呑んで目を開いた。

（……？）

首を擡げて産婆の顔を見ると、眉間に皺を寄せていた。ぎくりとして、翻然と胸が大きく波打ってきた。

「ちょっと大きめの茄子に、頭と手足がついているようなもんやで。こんな小さなややの出産に立ち合うの、うちは初めてや」

産婆は正直な気持ちを言葉にしたのだろう。が、面喰らった彼女は、吉に与える衝撃を忘れているらしい。

「見せてよ」

顔色を変え、上半身を起こすと、噛みつくように口走っていた。お産の疲れなど吹っ飛んでしまっている。

赤子は両手をしっかりと握っていた。口を大きく開け、舌を丸めるようにして泣き声をあげた。その度に、両手を小刻みに震わせた。

「難しいで……。こういう子は呼吸器がまだ充分に発達していないから、無事に育ってものう……」

産婆はこっそり溜息をつき、後の言葉を濁した。吉は不安と焦燥が湧き上がってきた。

赤子は三百六十匁《もんめ》（約千三百五十グラム）の大きさしかなかった。一貫（約三千七百五十グラム）もある普通の赤子と比較すれば、三分の一にしかならない。

「あんまり、期待せんことやで」

帰り際に、視線を逸らして、捨て台詞のように言った産婆の真意は、一体なんだったのか。無神経な彼女の言葉が、矢のように吉の胸に突き刺さった。

二日後、吉は赤子の異変に気づいた。乳を含ませても吸わずに、皮膚が紫色になっている。竦然《しょうぜん》となった。酸素が充分に行きわたらないのだ。無学な吉にもそれぐらいは判かった。

（このままでは、死んでしまう）

彼女はふらつく体で起き上がると、板の間を歩いて土間に下りた。藁草履をつっかけ、震える手で表戸を開け外に出た。長いこと雨の降らない乾いた庭には、夏を思わせるような太陽が照りつけていた。履きつくされて鼻緒の緩んだ藁草履の所為なのか、それとも自分の体力の所為なのか、飛石の上を思うように歩けなかった。必死と絶望と悲しさが、胸一杯に広がっていた。が、そのくせ一方では、対抗意識のように産婆の声が頭の中をぐるぐると回り続けている。学業を犠牲にして誕生を助けてくれた花枝の努力も、無駄にしてはならなかった。

（お母ちゃんが、きっとお前を助けてやるから、頑張れよ！）

——育つかのう。

（見ておれ、意地でも助けてやるぞ）

——無事に育っても、こういう子はのう……。

二分ほどの距離がこれほど長いことを、吉は初めて知った。肩で息をしながら、這うように歩いて、彼女はようようの思いで近所の家に辿り着いた。

「おばやんにお願いや！　頼みたいことがあるんや！」

格子戸を開けながら、奥に向かって声を張り上げた。吉は無意識のうちに、泣き声になっていた。

台所の暖簾を割って、下駄を鳴らしながら奥さんはすぐに出て来てくれた。

「うちの子、医者につれて行って欲しいんえ。お願いや！」

血走っている目で、糠みその匂いがする奥さんの両腕にしがみついた。

「うん、分かった。昼ご飯食べたらすぐ行ってあげるから、待っててな」

正午に少し前であった。診療所を往復するだけでも、二時間はかかる。奥さんがそう言うのも無理はなかった。

「あかん、すぐや。勝手なお願いやけど、これからすぐにや」

相手の立場など考えている場合ではなかった。目に力を入れ、最後の言葉を息を切らせながら、吉は高圧的に言い放った。

奥さんは大きく息を呑んだ。

「分かった。今すぐ行くから、吉ちゃん、安心しよし」

吉の切羽詰まった気持ちは通じたらしい。

登り坂を奥さんに肩を貸して貰って歩き、吉は家に辿り着いた。

「これはあかん。大変や！」

奥さんは一目見るなり、布団をはね除け、赤子を抱きかかえた。

「すんません。宜しくお願いします」

花枝の古着を行李から出すと、吉は力尽きて、どすんと膝を畳の上についてしまった。

その時、一か月近く洗っていない白髪まじりの乱れ髪が、むくんだ顔に被さってきた。胸《むな》倉《ぐら》から昇ってきた饐《す》えたような体臭は、吉自身にも自覚出来た。急なお産だったので、風呂に入って身を清めることも出来なかったのだ。

吉は、奥さんに拝むように両掌を合せた。

「まかしとき」

花柄の着物で素早く赤子を包《くる》んで奥さんは立ち上がった。土間に下りて、彼女の表戸を開ける音を聞くと、忽ち体から力が抜けていった。吉は倒れ込むように布団の上に身を投げ出した。後は赤子の生命力を信じるしかなかった。

「吉ちゃん」

表戸の開く音とともに、奥さんの弾んだ声が聞こえた。吉は時間の間隔が掴めなかった。慌てて、布団の上に体を起こした。どうやら、吉は寝てしまったらしい。

「見てみよし。この子、顔色変わったで」

床板を軋ませて、誇らしげな顔つきで奥さんが入って来た。額には一筋の汗が流れている。赤子は腕の中で僅かに目を開けていた。頬に紅みがさして、先程とは違う安らかな顔をしていた。

膝で立ちながら、吉は赤子の背に手を回した。近づけた吉の顔面に、か細い息がかかった。小さな命にも、生きようとする息吹が感じられた。吉の胸に喜びと感謝が湧き上がってきた。

「太い注射されての、よっぽど痛かったんやろのう。どっからこんな声が出るんやと思えるぐらい大きな声でわぁって泣いたんや。けどの、行きはぐったりしていたこの子がの、帰りは、わしの手の中でごそごそ手足を動かすのや。この子、助かるでよ。死ぬことないと思うわよ」

奥さんは目を輝かせながら、自分の手柄のように報告した。

「そうか、おおきによ。おばやん、ご苦労さんやったの。うちも産婆さんから助からんかもと言われているから、何くそと思えての……」

片手で赤子を支えながら、吉はもう一方の手で衿を引っ張り胸を開いた。奥さんは、赤子が乳首に吸いつくまで手を離そうとしなかった。

「しっかり飲んでいるやないか。よかったの」

「うん、あんさんのお蔭や。さっきは全く飲まんでの」

そう言ったものの、気が気ではなかった。若い頃と違って弾力はなくなり、大きな乳房も見かけだおしである。花枝の時は貰い乳をした。

「暫く、実家のお母さんに来て貰った方がいいのやないの？　また何があるか分からへんからの」

　翌日、夫の電報に応えて母が早速やって来た。風呂敷包みを背中に背負って、息を切らせながら母は坂道を登って来た。胸の前の結び目を右手でしっかり掴んでいた。二時間もかかる道程を歩いて、最後に不揃いな石を積み重ねた坂道を登るのは、腰の曲がっていない丈夫な体であっても、六十八歳では体力のいることであったろう。吉にはこれが最後の頼みのように思えた。

　母はもう片方の手に、竹で編んだ吊り籠を下げていた。少し大きめの籠で、懐かしい磯の匂いがした。恐らく若芽などを入れるのに使っていた籠だろう。底の片方に寄り添うようにして、赤い目をした子兎が二匹うずくまっていた。

「なんえ、この兎は？」

　兎を食べる村人もいるが、漁師の家に嫁いだ母は殺生を忌み嫌っていた。食べるにしても子兎はあまりにも小さ過ぎた。それに島田の家では、魚や肉は夫が田辺から買って来ている。母も充分承知していた筈である。荷物になるのに、こういうものをわざわざ持って来る母の心理が吉には分からなかった。

「この子らを大事に飼ってやればの、身代わりになってくれるのえ」

　吉は思わず微笑んだ。早産だったので、母は先の危ぶまれている未熟児のことを既に知っていて、藁にも縋る思いで子兎を農家で買ってきたのだろう。

薄雲に覆われた陽射しが、母の顔に当っていた。肩で息をしているくせに、母は生き生きとした顔つきをしていた。

「そうか、お母はん、おおきによ」

「満月には注意することやで。兎はよく満月の夜に逃げ出すらしいえ」

頭に被っていた手拭いを取ると、母は顔と首筋の汗を荒っぽく拭った。

「うちは歳やから、たいしたことは出来んがの。けど、まだ赤子の世話や家事ぐらいは大丈夫やで。お前、何ぐずぐずしてたんや。早よう報せてこんかいな」

母はそう言うと、自分の家のようにさっさと閾を跨いで内に入って行った。

宿命

武雄が上阪して、四年の歳月が流れていた。一年振りで、右上がりの癖のある字で鉛筆書きの手紙が届いた。

(何を言ってきたのだろう……)

滅多に寄越さない息子の手紙は、嬉しいよりも吉を不安にさせた。

悴《かじか》んだ指先で急いで封筒の頭を引き裂くと、上がり框に腰を下ろし、彼女は四つ折りの便箋を広げた。


長い間、手紙も書かずに過ごしてきましたが、お父ちゃん、お母ちゃん、お元気ですか。

わしの方は、この一年間は風邪も引かず、元気で雑務の仕事をこなしながら、自動車教習所に通ったりと大変でしたが、二週間前に、やっと念願であったお抱え運転手になることが出来ました。

雑務の仕事は、苦しいものでしたが、いずれ運転手にと思っていたので、なんとか投げ出さず、持ち堪えることが出来たのです。

わしにとっては、車の運転は、仕事というより、趣味感覚で稼げる金儲けであるようです。清掃作業とは違い、毎日が充実しているのです。仕事とは、やりがいがあって楽しいものだということを、わしは初めて知りました。ただ、交通事故にだけは、全力で注意しています。

医者の送り迎えをしたり、訪問診療や往診時の運転や、場合によっては、患者さんの送迎などもありますが、大阪に出て来て、本当によかったと思っています。

もうすぐお正月なのですが、今年の正月は我が家に帰れそうにもありません。病院も年末年始は、四日間の休診ですが、患者を抱えているので、職員全員が休めることはあり得ません。

運転手はこの病院では二人しかいないので、新米のわしが先輩の休暇に合わせ、職務を果たすべきだと思っています。

お父ちゃん、お母ちゃんも、どうかあまり無理をせず、体を大切にして、お働き下さい。


花枝が上阪したいと言い出したのは、田植えが終わり、農閑期に入って間もなくだった。

学校を卒業して二年余りの間、花枝は赤ん坊の面倒をみたり、洗濯や風呂を沸かしたりと、家事の一部をこなす傍ら、吉の農業を手伝ってくれたのだ。それは幼子を抱えた母親への思い遣りだったろう。

「うちは、やはり縫う人になりたい」

武雄から手紙が届いた半年後のことである。唐突に口にした言葉は、思い付きではない筈だ。夫は風呂に入っている。父親の不在時を狙ったように思われた。

茶の間のランプの光を受けて、若さ溢れた娘の張りのある顔が、吉には眩しかった。娘は板の間の上の薄い座布団に正座している。その膝を二歳になる小菊が占領していた。四十二歳で出産した子は、農作業に忙しい老いた母親よりも、花枝に懐いている。構ってやる時間も花枝の方が多いのだ。

慕って来る妹は、可愛いだろう。しかし花枝は、その生活と決別する覚悟なのだ。あどけない膝の上の幼子の運命が、吉の胸に堪えた。

(やはり、そうきたか……)

何時かは言い出すだろうと、心の中で覚悟していた娘の言葉を、吉は胸に深く受け止めていた。花枝がいなくなれば、己の苦労は計り知れない。一方、小菊は野良仕事をする母親の傍らで、日がな一日ぼんやり過ごす羽目になる。しかし吉の心には、先の不安よりも、安定感が首を擡げていた。

——先は、どうにでもなる。

吉は微笑を浮かべた。夫がどのように言おうと、娘を犠牲にすることだけは、彼女自身が絶対に承服出来ない。

縫子になりたいとの夢を犠牲にして、嫌いな農業を手伝ってくれた花枝……。

現状の生活を続ければ、花枝の心はいずれ爆発し、吉自身も罪悪感に苛まれるだろう。

着物を縫うだけの賃仕事ならば、吉が昔お世話になっていた田辺にある呉服屋に頭を下げて頼むことも可能である。吉の目からしても、花枝は充分その仕事をこなすことが出来よう。が、雑務係として四年前に就職した兄の武雄が、今は本人の希望通り、N病院のお抱え運転手として働いているのだ。兄の生き方に触発された花枝は、都会に出て行けば未来が拓《ひら》けると思っているだろう。

花枝は俯き加減の視線を上げた。母親の反応を窺うような眼差しに、吉は笑顔で応えていた。

「そうか、わしに遠慮なんかするな。花のしたいようにしたらいいんよ」

花枝の覚悟に満ちた顔色が、申し訳ないという表情に変わった。

「お母ちゃん、ごめんよ」

自分がいなくなった後の母親の苦労が判るので、謝っているのだ。吉は首を横に振る。

「わしのことなど心配せんでいいのや。お母ちゃんはな、花が生き甲斐を感じられる人生を送ることが、一番嬉しいのやで。女は、いつかは嫁に行く身や。嫁に行ったら辛い思いをすることも一杯あるやろ。だからの、それまでは、自分の好きなように生きることや。わしの血を引いているのや。花なら立派な縫子になれるやろ。このわしが保証してやる」

日本でも、五本の指に入ると言われた母親の言葉である。花枝の顔面に喜びの笑みが浮かんだ。目も潤んできた。

「昨日、久子ちゃんが、大阪に一緒に行かんへんかて誘ってくれたんや」

久子とは花枝の同級生である。学校を卒業して、花枝と同じように農業を手伝っていたのだ。

「久子ちゃんは、大阪で何をして働くのや？」

「お兄ちゃんの店を手伝うんやて。店てゆうても自転車の販売と修理やけど。お兄ちゃん一人でやっているから、食事や洗濯など手伝うみたいや。うちの仕事先が見つかるまで泊めてくれると言うのや」

久子の兄は自転車の修理屋に就職したが、今は独立していた。三十歳を越えているが、まだ独身である。

「久子ちゃんは、いつ出発するのや？」

「明後日やて」

吉は思わず息を呑んだ。二日後とは余りにも切迫過ぎる。当日の出発は恐らく午前中だろう。猶予は明日一日だけである。吉は時間の無いことに悄然となった。

「じゃ、花も暢気にしておれんやないか」

花枝も出立する準備もあるだろうし、親としても家を出る娘に調えてやりたいこともある。それが不可能に近い。昨日一緒に行くことを打診されたというが、両親の許しを得ぬまま、秘かに準備をするような花枝ではない。

膝の上に座っていた小菊が、急に立ち上がった。庭の足音を察知したらしい。すぐに、ガラガラと重い格子戸の開く音が聞こえた。夫が風呂から上がってきたのだ。

二人の会話に飽きていた小菊が、茶の間を出て表口の方に向かっていく。

「お父ちゃん」

「おお、小菊、いい子、いい子」

迎えに出た娘に、一郎は猫撫で声で応じている。

長湯に顔を火照らせ、一郎が小菊の手を引いて茶の間に現れた。

「どうしたんや、二人して神妙な顔して……」

一郎は、この場の空気にただならぬものを感じたようだ。

「あんさん、花枝が明後日大阪に行くんやて」

茶の間の敷居の上で、一郎は一瞬きょとんとした。が、すぐに頬が緩んだ。

「そうか、田植えも済んだことやし、時期的にもいいやないか。久し振りに武雄にも逢って来いよ」

脈絡のない吉の言葉を、遊びに出かけると勘違いしたのだ。一郎は床板を軋ませ、にこにこ顔で花枝との距離を詰めて行く。

無言のまま膝に目を伏せる娘に、吉は慌てた。

「いや、あんさん、花枝は働きに出ると言ってるの。昨日友達に誘われたと言うのや」

「えっ？」

一郎が、目を大きくした。

「この話、わしも今夜聞いたばかりや。あんさんはどう思うか知らへんが、わしは花枝の好きなようにさせてやろうと思うのや。わしは反省しているのや。今まで花枝の夢を無視して、あまりに自分勝手にやり過ぎたわ」

いつも夫の意見に従ってきた吉である。自分から夫に意見を述べるなど、過去に一度としてありはしない。娘に対する疚《やま》しさが、彼女の背中を押していた。

「…………」

口を噤《つぐ》んでしまった一郎を前にして、吉は更に言葉を続けた。

「小菊も、もう二歳や。野良仕事をするわしの傍で一人で遊べる年齢やないか。花枝は、わしが身籠った時、学業を犠牲にして農業を手伝ってくれた優しい心根の娘や。今迄わしは花枝の優しさに甘え過ぎたわ。このままだと、わしはこの娘《こ》の将来まで犠牲にしてしまうと思うのや。あんさん、花枝を大阪に行かせてやっておくれ。否、あんさんが反対しようが、わしはこの娘を大阪にやると決めたんや」

吉は、一歩たりとも引かぬ覚悟で言い切った。

射るような視線を向けたまま、一郎が唾を飲む。突如心に投げ込まれた石が、彼の中で大きく波紋を広げているだろう。こんな言葉が、妻の口から発せられるとは、考えもしなかったに違いない。

「お前が賛成なら、そうすれば良いやないか」

声が掠れ、喉仏がゆっくりと上下する。どうやら、吉の気迫に呑まれたようだ。

「しかし、強うなったのう……」

最後は、吉に対しての皮肉であろう。

「お父ちゃん、おおきによ」

許された花枝の顔面に笑みが浮かんだ。

「時間がないんで、何もしてやれんのう」

「要らへん」

花枝の拒む声も弾んでいる。

「うちは、お手本としてお母ちゃんに貰った着物だけを持って出ようと思っている。あれは、うちの一番の宝物や。見るだけで励みにもなるんや」

二日後、花枝は大阪に旅立った。梅雨の季節には珍しい、よく晴れた朝だった。

庭に下駄の音がする。表口の近くにいる吉は耳をそばだてた。重なる響きから、客は複数のように思われた。

夜に人が訪ねて来ることは、島田の家では珍しいことではない。金を借りに来る人や、返済に来る人は、人目を憚るように目立たない夜にやって来る。

奥の間にいて、少し耳の遠くなった夫には、恐らく庭の足音は聞こえていないだろう。

「あんさん、人が来たみたいやで。お客さん一人やないで」

吉の声が届かない筈はない。しかし、襖は開く気配がなかった。今日が仕事納めなので、帰宅後、安堵感から寝てしまったのだろうか。

やがて、話し声も聞こえ出した。どうやら声の主は、急坂の登り口の近くに居を構えている山田のようである。

三日振りに北風が凪いで過ごしやすい一日だった。そのおかげで仕事が捗《はかど》り、吉はつい遅くまで野良仕事に打ち込んでしまった。家族には申し訳ないが、普段よりも夕餉の支度が遅くなってしまっている。

米櫃から手早く四合の米を釜に入れると、急いで台所に取って返した。流しに釜を置き、身を翻して表口に戻ると、吉は重い格子戸を開けた。

おだれに吊るしたランプの光に反射して、奥行のある細長い庭は、飛石が白く浮かんだように見える。四人の動く黒い影があった。

「よう、吉さん、こんな時間にやって来て、すまんことやけどの……」

一応詫びているが、先頭を歩く山田は何故か得意げにも取れる口調である。

「まぁ、大勢で……。どうなさったんですかいの？」

吉は軽い口調で応じた。が、近づいて来た山田のすぐ後ろを歩く男の着物の裾が、ランプの光に翻るのを見て、彼女の背筋に緊張が走った。野良着の山田とは違い、五十代半ばと見える男は羽織袴の姿だったのだ。吉は慌てて閾を跨いでいた。

続く女も、明かりが届く位置まで来ると、よそ行きの着物を着ているのが判った。最後は二十代半ばの若い男だった。背広の上に薄手のコートを羽織っている。背の高い若者は、何処となく洗練された感じがした。百姓でないことは一目で判った。

「こんな山腹まで、ようこそおいで下さいました」

身なりに圧倒され、丁寧な言葉で迎えながら、吉は深々と頭を下げた。

只事でないことは、三人の風体で訊かずとも判る。仄かな光のランプの傍に寄って行きながら、すぐに顔を出さない夫に、吉は焦ってきた。大事な客の相手は、いつも夫だったのだ。同席する場合でも、彼女は夫の後ろに控えてさえいればよかった。

「旦那さん、もう仕事から帰っておられるやろ。大事な話したいと思いましての、わしらお伺いさせて貰いましたのや」

山田が表口の方を顎でしゃくる。夫が中にいることを承知しているのだ。

「はい、おりますけど……」

微笑を浮かべる夫婦と思われる者からしても、どうやら悪い話ではないと思われる。

「もう夕飯は、お済みかいの」

「いいえ、これから支度ですの」

「そうか、忙しい時に押しかけて、すまんことやけどの。でもな、どうしても、旦那さんに今日中に話聞いて貰わなあかんのや」

「まぁ、何でしょうかしら？」

自然と山田にまで、丁寧に応じてしまった。

「久し振りに、ええ天気やったのう。飯の支度遅なんのも無理ないのう」

笑顔を向けた吉の質問には、山田は意図的に話を逸らしている。この男は、女など端《はな》から相手にする気など無いのかも知れない。

「まぁ、どうぞお入り下さい」

とにかく、家の中に入って貰うように誘ってみた。

だが、山田はそれにも応じようとしない。

「この納屋は、だいぶ経つやろのう」

今度は、百年以上も前に建てられた麦藁葺きの建物のことを話題にして、連れの視線を納屋に向けさせている。三人は目をやったが、この暗がりでは納屋は見えづらい。

「どうしましたのや?」

足音も立てず、どてら姿の夫が、少し開けた格子戸の間から訝しげな顔を突き出したので、吉はほっとした。

山田は、途端にいつもの粗野な口調に戻り、閾の内にいる夫に近づいた。

「よう、一郎さんよ。この人達はな、あんさんとこの娘さんを貰いに来たのやで」

寝耳に水のような話である。何の前触れもなく、婿となる男を連れて、女の許にやって来るなど聞いたことがない。それに、目出度い話は陽の沈まないうちに伺うのが慣わしであろう。身なりは、きちっとしていても、彼らは常識を欠いている。

「なんや、縁談の話かいな」

感じるものがあったのか、意気込んでいる山田とは対照的に、夫は鼻先であしらうように言い、眉間に皺を寄せた。

「そういう話は、面倒くさいのよ」

更に、投げやりな口調で畳みかけた。

花枝は上阪して六年余りが経つ。二十二歳になり、行き遅れの感はあるが、花枝の縁談はここ二年ほどで片手に余った。しかし、吉の実家の村からあった漁師の話以外は、近郷の百姓からの話ばかりである。

農業を嫌った花枝は、六年前に兄の後を追うようにして不便な山腹の家を出て行った。縫う人になりたいと、着物の仕立を職業にして、今は大阪で働いているのだ。唯一、手紙で知らせた漁師の縁談も、花枝はきっぱり断ってきた。手に職を持っている娘だから、一人身で生きていけなくもないだろう。農家への嫁入りが、女の幸せに結びつくとは限らない。朝から晩まで独楽鼠のように働き続けてきた我が人生を振り返ると、吉にも感じるものがあった。

(花枝の好きなようにさせてやる……)

適齢期を過ぎようとしている娘の縁談を断る度に夫婦で話し合い、開き直ってきたのだ。繊細で気の強い娘に、親といえども迂闊なことは出来ない。

「馬鹿言うんじゃねえよ。あんさん、この兄さんを何やと思っているんや！」

夫の態度に堪り兼ねたのか、荒っぽく言い放つと、山田は若者を顎でしゃくった。

「この人はな、大阪の久保田鉄工所で図面を書いているんやで」

(図面？……)

見開いた夫の目が、ランプの明かりに光った。息を呑んだのは吉も同じである。こういう職種に就いている男からの縁談は、想定外である。聞き違えたかと思ったほどだ。

一番後ろに立っている若者の顔を、夫は食い入るように眺めだした。目の悪い夫には、細いランプの芯の明かりでは、七三に分けた髪型の若者の顔は、はっきりとは判らないかも知れない。

「わしは、あんさんに逢うのは初めてですけど、花枝をご存じでしたかいの？」

若い二人に、何らかの繋がりがあってもおかしくはない。過去に出逢ったことがあるかも知れないのだ。夜になると、若い男達が四、五人ほどで娘の家を訪問して、会話を楽しむ風習が村にはまだ残っている。

「お逢いしたことは、恐らくないと思います。島田花枝さんと教えて貰いましたが、お顔が浮かんで来ませんのです」

どうやら花枝を知っていて、是非一緒になりたいということではないらしい。言葉尻で在郷の者だと判断したが、周囲がほっとかないことは、若者の容貌でも推察出来る。

「なら、どうして、こんな所まで、来られたんですかいの？」

何の前触れもなく、今の時刻に鄙びた山腹の家まで来たのが理解出来ない。

「あのなぁ、一郎さん、これには訳があるのよ。包み隠さずにと思おうて、わしがお供させて貰いましたのや」

山田が割って入った。

「養子のわしは、この人らと同じ村の出での、お互いによう知っているのよ。三時間ほど前に、わしの家の前を三人が歩いているやないか。何処に行くのやと訊いたら、この奥さんの親戚の娘を貰いに行くと言うのや。あんさんも知っているあの中村さんちの娘よ。その為に、この兄さんは、朝大阪を発って来たと言うやないか。話聞いてみてな、わし思わず、あの娘より、島田とこの娘の方がええでて言うてしもたんや。旦さん達は、そりゃ最初は乗り気やのうて、嫌な顔したわよ。けどな、この兄さんの一生の大事や。少しでもええ嫁さん貰うに越したことないわよ。兄さん、わしの話でええて言ってくれたんや。目出度い話は、陽の沈まん明るいうちにと言うのが常識やけど、そういう訳で手間どうたし、あんさんも、仕事で帰りが遅いと思うてな、この時間になってしもたんや」

此方にしても、降って湧いたような良い話かも知れない。しかし、夫は二の足を踏む。

「ちょっと、待てよ。あちらはどうなんや？」

一駅も離れているならいざ知らず、若者が嫁に貰おうとしていた向こうの娘の家とは、歩いて三分ほどの距離である。ああそうですかと言って、簡単に飛びつけるものではないだろう。

「一応打診はしてあるけど、正式な話はこれからと言うやないか。一郎さん、この話、不義理とは、わし思えへん。腹立つんやったら、この場で断ってくれてもええのやで。恐らく、あんさんの心に引っかかるものは、中村の家とは目と鼻の先ということやろ。けど、わし出過ぎたことしたかいの？」

急遽、牛を馬に乗り換えた訳である。娘が若者と面識があれば、来訪を期待していた可能性もある。

（翻意した若者の心理は、狡猾ではないのか……）

この顛末が先方に知れ、恨みを買うこともないとは言えなくもない。

不安はあるが、一筋の光が差し込んだように、吉の胸は次第に波打ってきた。腕組みして虚空を見つめる夫の姿がもどかしく思える。「この話承知した」と、ずばり言って欲しいが、一家の長としての責任ある立場の夫。

（それにしても、この若者に懐かしい感情を抱くのは何故だろう……）

吉は、若者から目が離せないでいた。

「あんさんは、あちらの娘さんを知っているのですかいの」

若者に視線を移した時、夫の顔つきが変わていた。打診も正式も大差ないだろう。

「はい、子供の頃に一緒に遊んだりもしました」

応える若者に、気後れした様子はなかった。親戚の娘だというのだから、娘はこの夫婦と行き来があって当然だろう。若者の家も近所と推測された。

「そんなら、あんさん、どういう積もりなんや」

咎めるような言い方だが、目尻が下がっているので、夫は怒っているのではなかった。

「私を知ってくれている人が良いと薦めてくれる縁談の方を、私は信じたのです。自分の一生の大事ですから……」

若者は、泰然として言ってのけた。

若い二人に愛がなければ、筋の通った選択かも知れない。

納得顔で夫が、ゆっくりと大きく頷いている。

「あんた達、何処から来たのや？」

夫は、どうやら縁談の話を聞く気になったらしい。

「私ら、栄村から来させて貰いましたのや」

羽織袴の男が満面の笑みで応えた。五年前に死んだ吉の母の実家も栄村であるので、吉も知らないことはなかった。

「この人は、長男ですかいの？」

若者に直接訊けばいいのに、夫の視線は羽織袴に向けられている。会社勤めだということだから、花枝の嫌がる農業はしなくていいだろう。しかし、吉とお袋の確執を見ているだけに、嫁と姑の関係が気にかかるのかも知れない。

「ご長男です。けど、この人のお父さんはの、この人が生まれて五十日もしないうちに結核で亡くなりましたのや。お母さんの方も、一歳の時に亡くなりましたんで、後はお祖父さん、お祖母さんに育てられましたのや。けど、その人らも亡くなって、十五歳から一人暮らししてきましたのや」

吃驚《びっくり》するような身の上である。けれど、煩わしい縁故関係に気を遣わないで済むのだ。

夫の頬が、一瞬緩んだのを吉は見逃さなかった。結核で多くの人が死んだが、この若者のように、兄弟もいない境遇は珍しい。

「栄村の何というお家ですかいの？」

羽織袴の男に合わせ、夫が丁寧な言葉に変わった。

「林さんですねん」

（えっ……）

吉は、大きく息を呑み込んでいた。一目見た瞬間から、何処となく懐かしい印象を受けていた若者であった。

（そう言えば、目元が似ている……）

偶然にしては出来過ぎている。しかし栄村には、林という家は三軒しかなかった筈だ。吉は思わず身を乗り出していた。若者の細長い凛々しい眉毛と、爽やかな目元に、心の奥に秘めていた初恋の男の面影が胸に蘇っていた。

「お父さんの名は、何とおっしゃるんで……」

吉の声は上擦り、胸の鼓動が大きく波打ち出した。

驚いたように若者は吉を見つめた。上擦った声に驚いたのか、それとも吉の問いが意外だったのか……。

「父は、藤助と言います。林藤助です」

頭に一撃を喰らったような衝撃が彼女の全身を貫いた。それでいて、吉の胸には熱いものが込み上げてきた。

「父をご存じですか？」

目を輝かし、若者は弾んだように訊き返した。

結核に罹患した父親は、我が子を抱くこともなかったに違いない。農村に生きた男に、恐らく写真はないだろう。若者は、人の話でしか父親を認識することが出来ないのだ。

若者は期待を込めた顔で、まじまじと吉を窺う。やはり親子だ。真剣に見つめる眼差しが、藤助そのものだった。吉の胸に、三十一年前の高瀬川の光景が浮かび上がってきた。藤助と見つめ合ったあの景色である。

(何という巡り合わせだろう……)

吉は、この現実に心を揺さぶられずにはいられない。彼女は体がぶるぶる震え出すのをなんとか堪えた。

藤助とは、互いに愛を確かめながらも、二人の仲を親に引き裂かれてしまった。しかし、それから三年後、島田家への嫁入りの話があった時、藤助への恋慕を断ち切れなかった彼女は一大決心をして、恋しい男のもとを訪ねたのだが、時既に遅く、藤助は嫁を娶っていた。断られた男にとっては、それは当然のことであったろう。

笹垣の隙間から見た洗濯物を干す女房の神々しい後ろ姿。向きを変えた時に、垣間見えた顔は、満ち足りた表情をしていた。この事態を想像すら出来なかった自分。頭の手拭いを深く被り直すと、顔を伏せ、吉は林家から逃げるように引き返した。路上で藤助に出逢うことが、何よりも恐ろしかった。男に逢いに来るなど、なんと厚顔無恥であったろう。吉は自らの頭を握り拳で、思い切り何度も叩いた。

家に辿り着いた時は夜だった。何処をどう歩いてきたのか記憶になく、朝から何も口にしていなかったが、空腹など全く感じなかったものだ。

一か月後、愛も希望もないまま、吉は世間体を気にして島田家へ嫁いだ。しかし、藤助への想いは、容易に断つことが出来なかった。恋の味を知った女にとっては、見合いで結ばれた男などに、愛情を感じないのは無理はない。吉が藤助への想いを断ち切れたのは、同じ病に罹病した痩せこけた藤助の女房に道端で出逢った時だった。

その藤助の息子が今夜、花枝を貰いに来たのだ。別の娘の所に行く積もりで朝大阪を出立したというのに、急遽取りやめ、吉の娘のもとにやって来た。藤助との運命は、出逢った瞬間から、こういう巡り合わせになっていたのかも知れない。

「はい、私の母親も栄村の出身なもんで、子供の頃、お父さんとは、二、三度遊んだことがありますのえ」

我ながら、何と上手い口実を口にすることが出来たのだろう。

吉は落ち着きを取り戻した。夫の面前で動揺は許されない。が、彼女の目元は、愛おしげな表情で溢れた。

「お父さんに、似ているですよ」

「村の人からも、父親似だとよく言われます」

見れば見るほど、青年は誠実そうな顔をしていて、目や口元などは藤助そのものだった。

「あんたとこは、田圃はどのくらいありますかの？」

こういうことが気になるということは、夫もこの縁談に乗り気になったようだ。

「以前は七反ほど作っていましたが、大阪に出る時手放してしまいまして、二反だけです。今その田圃は、友達に世話して貰っています」

「うん、それだけあったら、何かあっても食うていけるの。多いのも苦労するけどの」

万が一、男が病死して娘が未亡人になっても、二反あれば、食うだけは保障されているようなものだ。

（家はどうしたのだろう……）

吉の記憶では、母屋の他に隠居部屋と蔵と納屋があった。庭の夏蜜柑とネーブルの木には、実がたわわに実っていたのだ。

「お家は、空き家のままですか？」

彼女は、当たり障りのないことを訊いた。

「水に浸かった古い家でしたので、上阪する時に、納屋だけを残して全て取り壊しました。納屋は売ろうとしたのですが、叔父から反対され、今は村の物置のようになっています。

庭の蜜柑の木は譲り受けたいと言ってきた人に貰って頂きました」

——水に浸かった古い家。

明治二十二年と二十六年の台風で富田川《とんだ》の堤防が決壊し、多くの家や田畑が流された。特に二十二年の被害は甚大で、資料によると世帯数の少ない川の流域で、七百四十九戸もの家屋が流失し、逃げ遅れた溺死者は五百四十二人にも上ったのだ。

翌日の波が引いた中村の浜辺には、流れてきた多くの死体が打ち上がる大惨事となった。住民は犠牲者を悼み、巨大な慰霊碑を海辺に建て、あの時の恐怖を語り継いできたのだ。

周りの家が海に流される中で林家が流されなかったのは、屋敷の周囲を見事な笹垣で囲っていたからに違いない。

（しかし何故、若者は故郷を捨てたのだろう……）

先祖の墓もありながら、退路を断つようにして、上阪した若者に悲壮な決意が窺えるが、山裾にあるこの辺りの田圃とは違い、栄村の田圃は太陽を遮断する山がない平地に広がっている。それにあの地域は、氾濫した泥水が海を目前にして流れを緩めるため、過去に運ばれてきた上流の養分が蓄積して土地が肥えているので、作物の収穫量も多い筈だ。栄村に耕地が七反もあれば、生計は充分成り立つだろう。身を粉にして島田の土地を守ってきた吉には、跡取り息子として、先祖から受け継いだ屋敷を取り壊し田畑を手放すには、それなりの理由があったと思える。

「林さんは、百姓がお嫌いなのですか？」

当たり障りのない吉の訊き方に、若者は笑顔で答えた。

「いいえ、嫌いではないです」

吉の心を見抜いたように、一郎が後を続ける。

「じゃ、あんさんは、どうして先祖からの土地を捨て、大阪に出られたのですかいの？」

吉と一郎の真剣な眼差しに、若者から笑顔が消えた。すぐに言葉にならない為か、口許が引き攣ってきた。

「七十八歳まで生きた祖母は、晩年は殆ど寝ていましたが、何とか食事の用意や後片付けはしてくれました。十八歳の時、私は納屋に転がっていたじゃが芋を食べ、発熱と嘔吐、腹痛や下痢で苦しみ一週間寝込みました。その時、飯の心配をしなくて済む生活をしたいと、つくづく思ったのです」

――じゃが芋の芽の毒素。

十五歳で天涯孤独の身の上である。恐らく若者は、知識のないまま芽の出たじゃが芋をそのまま口にしたのだろう。一週間寝込むとは、かなり酷い症状だったに違いない。

しかし、どんなに苦しくても、家族がいなければ、自分の病状を訴えることも出来ないし、助けを乞うことも出来ない。最悪の場合、孤独死だってあり得えただろう。

夫が田辺で買ってきた菜を、そのまま食卓に出す生活を続けている吉には、一人で七反の田を耕作して、食事のことまでとなると、如何に大変なことか理解出来る。寝込んでいる間、若者はどれだけ不安だったろうか。一郎は、納得気に大きく頷いている。

「立ち話もなんやから、内に入れてもろうて、詳しい話をさせて貰おうやないかいの」

夫の態度に手応えを感じたのだろう。先程は、吉が誘っても家の中に入ろうともしなかった山田が、大袈裟に体を震わせた。

「まぁ、すみませんでした」

足元から這い上がってくる小晦日《こつごもり》の冷気を忘れるほど、話に夢中になっていた。吉は詫びるように頭を下げると、先に立って客を母屋に導いた。

床の間と神棚のある奥の間に案内してから框に戻り、家の中に入って来ない夫を訝って外に目をやると、まだ飛石の上にいる。こちら向きに体を変えているから、客と一緒に母屋に入ろうとして、思い止まったようにも見える。

夫は、一点を凝視したまま突っ立っている。林家のことなど何も知らない夫。思い悩んでいるようにも見える。吉は声をかけるのさえ憚られた。

「決めた！」

そう言って、歩き出した夫は、大きな咳払いを一つした。

若者と比較するせいなのか、戸口に手をつき、閾を跨ぐ姿が、いつもより老けて見えた。金歯が威圧的で偉丈夫のように感じていた夫。何と歳を取ったものだと、吉は秘かに驚いた。

土間に立った夫は、奥の間に上がり込んだ若者を顎でしゃくった。

「娘は、あんたにあげますよ」

先程の態度を一変させ、子猫でもやるような顔つきで言ってのけた。

「そうやで、一郎さん、そう来なくちゃの」

平手で座卓を叩いて、山田が満面の笑顔ですぐに応じた。彼は座布団から尻を浮かせていた。親戚の娘の所に行こうとしていた客人を此方に連れてきたのだから、断られては立つ瀬がないだろう。

吉の胸中に、熱いものが込み上げてきた。若者が偶然に来たとは思えなかったのだ。山田が先祖の使者のようである。

「ちょっと、待ってくれよな」

床に上がると、夫は奥の間に来ずに、納戸の襖を開けた。ごそごそと音がする。何か探し物をしているらしい。

納戸から笑顔で出て来た夫は、右手に写真を持っている。

「娘です。少し太っていますのや」

座卓に手をついて座りながら、葉書ほどの大きさの写真を若者の前に差し出した。

写真を手にし、若者はじっと見入っていた。吉は気後れがした。甥っ子を抱いた初々しさが残る十七歳の花枝の写真は、二十二歳の現在の面影からは、かけ離れている。実物より随分美人に撮れているが、写真だから偽りではない。なるべくよく見せようとする親心の表れで、それだけ夫も若者を気に入ったということだろう。娘と出逢った時、若者が違和感を抱くかも知れないが、婚約さえ取り付ければよいのかも知れない。

「私は、太っている人の方が好きなんです。痩せている人は、貧相にしか見えませんのです」

有り難いことに、若者はこちらに都合のよいことを言ってくれる。

夫が坊主頭を撫でながら付け加えた。

「これより太ったかな」

少しは気が咎めたのだろう。歩けば股ずれがするぐらいに、今は貫禄がつき過ぎていた。

「どれ」

羽織袴も、若者が見入っている写真に手を伸ばした。

「ほう、なかなかの別嬪さんやないか。よかったのう」

「はい、有り難いお話です」

若者は照れ隠しのように頬を撫で、目を細めた。それから目尻を右手で擦りあげ、大きく息を吸い込んだ。左の口角が引き攣ったように上がっていた。

少し離れた位置から、若者の横顔を眺める吉の目は、涙ぐんでいる。皆の視線が若者に注がれている為、誰も吉の涙には気づかない。仮令《たとい》気づかれたとしても、娘の縁談を喜んでいる母親という言い訳が出来るだろう。

吉の心には、若者の父親の姿が蘇っていた。忙しい日常に呑まれて、滅多に思い出すこともなかったが、やはり初恋の男のことは忘れられない。吉は若者の唇の動き一つにも、藤助を感じる。しかし、膝に両掌を重ね、控えるように座った彼女の胸中を知る者は誰もいない。

（林家とは、やはり縁があったのだ……）

そう思うと、馬車馬のように野良仕事に没頭し、体を酷使してきた過ぎし日々も、ここに到達する迄の掛け替えのない代償に思えた。彼女は茶を出すことも忘れている。

「百貨店に卸す着物の縫い子をしてますのや。子供の頃はおてんばな娘で、男の子と相撲ばかりとっていましたのですがの、女房の血筋か縫うことが好きでの」

高等小学校では、針を持たせれば花枝の右に出る者はいないと言われたが、身を立てるには都会でも通用しなければならない。井の中の蛙にならないように、最後には吉が導いたのだ。

「折角好きなことで飯食えるんやから、嫌いな百姓に嫁がせんでもええと、わしら思っとりましたのや」

夫が、先程の無礼を弁解する口調で言う。

「頑固なおまはんから、こない早ように、ええ返事が貰えるとはのう。さっきの態度とはえらい違いや。けど勝手に決めて、娘さん怒るんやないかいの？」

一郎の決断に満足しながらも、山田は下衆の勘繰りの調子で揶揄する。

「訊かんでええのや。わしはな、この兄さんに身内のいないのが気に入ったのや。花枝は繊細な娘やからの」

確かに女は、嫁に行ってからの労働の苦労に加えて、舅・姑・小姑と、さんざんな気苦労もあるだろう。幸いにして、若者にはそれがない。

「そうやのう。でも給金いくら貰っとるか心配ではないのかい。もしかしたら食えんかも知れへんぞ」

山田は、ますます夫を、からかうのが面白くなってきたらしい。

「私は、日給月給です。残業のあるなしでも月によって違ってきますが、贅沢さえしなければ、嫁さんに金の苦労をさせる事はまずないと思います」

女房の稼ぎを当てにしなければならない給金ならば、この若者は嫁など貰いには来ないだろう。

「久保田鉄工所や。飯ぐらい食えんでどうするのや。それに匂いで判るけど、この兄さんは煙草を吸わん。花枝は煙草を吸う者は好かんのや」

夫は口許を緩め、優しい眼差しを若者に向けている。

「ええ、私は煙草も酒もやりません」

吉も、かつて若者の父親から同じことを聞いたことがある。

「やぁ、目出度い。久し振りに、ええ正月がやって来るのう。そうや、忘れんうちに教えとかなあかん」

再び夫は納戸に立ち、花枝の住所が書いてある封筒を手に戻って来た。

「ここに居ますのや。逢って貰うと一番ええんやけど、今年はあの娘《こ》帰って来んと言いますのや」

「なら、私がこの連休の間に、逢いに行きます」

背広の胸ポケットから手帳を取り出すと、若者は花枝の居る船場の住所を控えていく。製図を書いているとのことであったが、鉛筆を持ち、左手で小さな手帳を押さえる若者の手は、日灼けこそしていないが、驚くほど節くれだっている。百姓でも、これほどの節くれだった手は珍しい。過酷な肉体労働者の手に見える。若者の過去を覗いたようで、吉は疑問を口にした。

「お祖父さんが、お亡くなりになられたのは、兄さんがお幾つの時でしたのですか？」

唐突な質問に若者は手を止め、吉に視線を移した。

「六歳の時です」

ある程度は予測出来ないことではなかったが、驚愕と憐憫が波のように吉の胸に込み上げてきた。

　実状を知っている羽織袴が言い添える。

「お祖父さんが亡くなってから、兄さんはお祖母さんと二人で、農作業によう励んでいたですよ。田植え、稲はちは、叔父さん達と助け合って一緒にやっていたけどの。お祖母さんも、七十代の高齢やし、兄さん、野良仕事で学校休まんならん日もあったんよ。けど、なかなか勉強の出来る賢い子やった。十五歳でそのお祖母さんも亡くなって、それからは兄さん一人で、本当にご苦労なさったんやで。朝のまだ暗いうちから、一生懸命働いていたわよ」

　あまりのことに、言葉を継ぐことが出来ないでいる吉から視線を外すと、再び若者は、手帳に目を落とし、一字ずつゆっくりと書いていく。書き終えると、若者は卓上を滑らせながら封筒を夫に戻し、軽く頭を下げた。

　咳払いを一つすると、夫は若者の過去に触れずに話を進めた。

「わしは、一郎といいますのや。母親は吉です。娘に会ったら、わしが結婚を了承しているると言ってやって下さい。あんたさんを見て、嘘を言っているとは、よもや花枝も思いますまい」

「うん、それは言える。この兄さん真面目な顔しているもんな」

　間髪を入れず、山田が大きく頷いている。

「ところで、兄さんお名前は？」

「私は、孫一と言います。歳は二十五歳です」

「花枝は二十二歳です。年齢的にも釣り合うのう」

自分達夫婦のように、十四歳も年齢差があれば、話が噛み合わないこともある。

「花枝、腰抜かすかもな」

その思いは吉にもあった。突然現れた男が、婿になる男だと知った花枝の驚きは、如何ばかりか。鳩が豆鉄砲を喰らったような目で、凛々しい眉毛と爽やかな目の若者を見ることだろう。だが、花枝は若者に対しては嫌な感情を絶対に抱かないだろう。それが判るから、夫もこの縁談を承諾したに違いない。

夫は、封筒を手にしながら補足する。

「気に入ってくれたなら、その日から一緒に住んでくれても、わしは一向に構いませんからの」

普段は無愛想で軽口を叩く男ではない。それだけこの縁を喜び、夫は若者を気に入ったのだ。奥の間は忽ち爆笑の渦に包まれた。

「あない言ってくれるのや、式は早い方がいいですの」

「春がよいの」

若者の意向など無視したように、年寄りが話を決めていく。

「郷里で式を挙げるとしたら、やはり春ですな。女は色々と支度もあるやろうし、勤め先の方だって、すぐには暇を貰えませんからの」

自然と話がまとまってくる。

（花枝も喜んでくれる……）

確信のようなものが吉にはあった。若い二人が結婚すれば、やがては子が生まれる。その子は紛れもなく、吉と藤助の血を受け継いだ子である。一世代遅れたけれど、初恋の男との関係は、未来永劫続くことになる。

吉は感情を押し殺すように、節くれた両手を膝の上で、今一度固く握りしめた。藤助とのことは、生涯口外することはないと思っていたが、花枝にだけは喋ってもいいように思えてきた。

「友達と六畳一間の下宿屋に住んでいますが、早速、住む所を探さなければいけません」

「気兼ねせんでもよい所に住まわせてやって下さいな」

夫の要求は、寧ろ贅沢だろう。持家はないにしろ、花枝は若者と二人だけで暮らしていける。嫁として、他人の家に暮らす孤独感や気苦労はしなくてもよいのだ。親も兄弟もいない若者は、きっと花枝を大切にしてくれるだろう。日常の生活さえ出来れば、花枝にとってこれほど幸せで気楽なことはない。

「南恩加島《みなみおかじま》とは、どの辺ですかいの？」

既に話を聞いていると見えて、山田が若者が勤めている会社のある場所に触れてきた。

「大正区の外れで、川と海の近くです」

鉄工所だから、海上輸送に便利な所にあって当然だろう。

「結婚したら、会社の近くに住まわれるんですかいの？」

「はい、毎日のことですから、歩いて通える方がいいと思います」

「ところで、天王寺区にあるN病院て、あんさんご存じですか？」

脈絡のない夫の質問に、若者は一瞬怪訝な表情をしたが、すぐに笑顔になった。

「ええ、勿論知っています。天王寺区は私の住んでいる大正区の近くで、N病院は大病院ですから、大概の人は知っていますよ」

「そうか、そうか」

夫は満足げに二、三度大きく頷いている。吉には、夫の次の言葉が予測出来る。

「実はの、花枝の兄が、そのN病院で運転手として勤務してますのや。武雄と言いましての、島田家の長男ですのや。武雄が故郷を出て、早いもので十一年になりますけど、今はそこで働いている看護婦と所帯持っていますのや。お互い惚れあっての結婚です」

夫の話は、やはり吉の思った内容だった。彼女は内心で苦笑する。息子が生き甲斐を感じている職業は、親としても気軽に口に出来るのだ。

「お兄さんの奥さんは、まだお仕事の方は続けておられるということですか？」

若者の質問に、皆の視線が一斉に夫に注がれた。

「うん、働いているのや。夜間勤務もあるので大変みたいやけども、続けるという本人の意志や。けど、草臥れて帰宅しても、女房がいないのは、男にとってはちょっと辛いよな」

「何、一人で晩飯食うのも、そう長いことあらへんと思うよ。何やかんやて言うたかて、子供が生まれたら仕事はすぐに辞めるやろ。看護婦は厳しいのや。家庭や自分を犠牲にする精神が無いやつは、続けることは出来んやろ」

山田が首を横に振りながら、否定的な持論を展開する。

吉は若者に質問した。

「これからの二人の生活で、何か花枝に望むことはございませんか？」

母親として、若者の意向に沿うように、娘を言い含めなければならないこともある。

「花枝さんの考えをお伺いしないと分かりませんが、私としましては、洗濯と食事だけしてくれれば、それで充分です」

若者の言葉が吉の胸に響いた。看護婦を続ける兄嫁に対して、若者は自分の希望を言ったのだろう。花枝の手仕事は、内職として、子供が生まれても家庭でやれないこともないが、若者は、そういうことを望んではいないのだ。

吉は、花枝の人生に緩やかな川の流れを感じた。

話が今後の大阪での生活に及んでくると、吉は夕餉の支度の途中だったことを思い出した。腹を空かせた小菊の顔が思い浮かぶと、客人にも何か出さなければと思い至った。栄村までの遠い道程を空腹で帰すわけにはいくまい。幸いにして、夫は正月用にと田辺で鶏肉を買ってきてくれていた。白菜と一緒に煮れば、申し分のない馳走であった。牛蒡《ごぼう》巻きや、蒲鉾、烏賊の佃煮、海老の天ぷら、コロッケ、かりん糖、ビスケットもある。明後日が正月ということが幸いしている。

祝い事には、酒はつきものであるが、夫は酒を嗜まない。突然のことで、用意することも出来ないが、これだけあれば充分である。吉が台所に下がっている間、機転の利く夫は間をもたせてくれるだろうし、彼らの話は始まったばかりだ。

「お客さんには、食事して帰って貰いますからね」

吉は夫の耳元で囁いた。一郎が了解したという風に吉の膝を軽く叩いた。

彼女は膝行で五歩下がって、畳に両手をついた。客人に深々と頭を下げると、体をくるりと半回転させ襖を開けた。

板の間に小菊が座っていた。見上げる小菊の目が生き生きと輝いている。襖の近くにいるので奥の間の話を聞いていたに違いない。

吉は、今にも喋り出しそうな小菊の手を引いた。

「姉ちゃん、お嫁さんに行くん?」

土間に下りると、待ち構えていたように、小菊が訊いてきた。

「うん、いい人と一緒になるんや」

「どんな人なん？」

「大きな会社で働いている人や。お父ちゃん、お婿さんになる人とっても気に入ってな、すごい喜びようや。小菊、ご飯つくるの手伝ってくれるか」

「うん」

暖簾を割って台所に入った。

「じゃ、まずは薬缶に水入れて、七輪で沸かしてくれるか」

「わかった」

なんと驚くほど聞き分けがよい。小菊は未熟児で生まれ、知的障害の子になると心配したこともあったが、幸いにして他の子に劣ることなく成長している。姉妹であっても、他人の立場に立って物事を考える花枝とは違い、小菊は親の言うことをあまり利かない、我の強い我儘な子である。しかし、七歳の子供なりに、切羽詰まった今夜の事情を、理解したのだろう。

（米を研ぐ前でよかった……）

客も含めて七人の食事となると、四合の米ではとうてい足りない。北風の凪いだ田で野良仕事に精を出してしまい、夕飯が遅くなったと焦っていたが、それも幸いしたのだ。それに、鶏肉は百五十匁（五百六十グラム）もある。世話をしてくれる人の親戚の娘を貰いにやって来た若者は、急遽、存在すら知らなかった花枝を選んでくれた。今日は何から何まで首尾よく出来ている。

（これは単なる偶然が重なったのではない……）

そう思うと、我が人生の全てが、今夜は必然に思えてきた。人生には、無駄というものが無いのかも知れない。或いは、神によって予め定められた道を、さも自身で選択したような顔をして歩いて来たのかも知れない。

吉は、四合の米を入れていた釜を持って台所を出た。暖簾を割って、表口の脇の土間に立った。重い押入れの戸板を開けると、米櫃の蓋を取り、五合枡一杯の米を掬《すく》って、釜の中に加えた。その時、奥の間からドッと大きな笑い声が湧き上がった。

奉謝

苔が生えて滑りやすくなっている石段を、吉は水汲み桶を担いで下りて行った。足を運ぶたびに空の水桶が振り子のように揺れるが、その軽やかな拍子が、今朝は心地よい。寝不足の目には、朝陽に輝いている霜柱は、眩しいほどだ。

昨夜の客は、食後一時間ほどで帰って行った。吉は台所の片付けと、夫の仕事の関係上、大晦日に搗《つ》いている餅つきの用意に手間取り、時計が一時を過ぎてから床に入った。が、寄せては返す波のような至福感が、明け方近くまで続いて、まんじりともしなかった。けれど、全く体に疲労を感じない。

水汲みは嫁に来て以来、吉の仕事である。臨月で腹の大きな時も休んだことがなかった。苦しい時は水の量を減らして凌いできた。しかし、長年に亘る婚家の激しい労働は、体に堪えぬことはないだろう。

——匙状に窪んだ白っぽい爪を持つ女。

七年前、田辺の病院で受診した時、栄養失調が原因とのことであった。家族で吉にだけ現れた爪の変形。島田家の食卓は寧ろ贅沢と言えた。体力の限界を越えた過酷な肉体労働が、彼女の爪を匙状に窪めているのだろう。その上、ピンク色であるべき爪が白っぽい。心臓が弱っているか、肥大している証拠だと言われていた。

吉は実年齢よりかなり老けて見えた。残っていた歯も、小菊を産んで三年で全て抜け落ちてしまっている。それでも体は至って健康で、幸いにして寝込むほどの大病は今まで一度もしたことがない。

吉は、田圃の脇にある井戸への道を逸れ、霜柱の立った畦道を二分ほど歩いて、川が眺められる土手の上へと上がって行った。藤助の息子が花枝を貰いに来るという、奇跡のような運命に感謝し、川の神に礼を述べずにはいられなかったのである。

土手に上がると、吉は対岸の川べりを眺めやった。吉が立っている土手のすぐ下には、手入れの行き届いた畑が広がっている。川が氾濫するたびに流される河川敷の畑だが、山々に囲まれて平地の少ない土地柄か、農民は畑を大事にした。幸いにして、今年は一度も水に浸かることはなかった。

畑の先には、小石交じりの川原が続き、所々が枯草で覆われていた。後二週間もすれば、土手や川原には火が放たれ、景色は一変する。野焼きを控え、立ち枯れた薄の目立つ川原の先には、国の天然記念物である大鰻が棲息する富田川が緩やかに流れていた。

太陽が東の空に顔を覗かせて、間のない時間である。風は凪いでいるが、昨日とは打って変わった底冷えのする冷気の為なのか、長く伸びた山の影が靄のかかった川面を覆っている。この地方では、滅多に見ることのない幻想的な風景だった。

吉は肩からおこを外し、水桶を地面に置くと、少し猫背の背中を真っ直ぐに伸ばした。姿勢を正すと、大自然と一体となった気持ちになった。

藤助と初めて出逢ったのも川であった。また結婚を反対された三年後、藤助を諦めきれずにいた彼女は、何かに取り憑かれたように川面の一点を見つめたまま微動だにしなかった。

（意に反した生き方はすまい……）

藤助に逢おうと決意したのは、その時だった。また、姑との確執に、孤独な思いで土手に上がって川面を眺めれば、穏やかな川の流れは、崩れそうになる吉の精神を支えてくれた。高瀬川と富田川、目にする川は違っているが、偉大なものに抱かれたような安らぎと勇気を、川は吉に与えてくれたのだ。その感覚は、神や仏に匹敵するものだった。

（花枝も、喜んでくれるに違いない……）

吉は、休日でこの時間まだ寝ているであろう娘を思った。若者は今日大阪に帰って、元日に花枝に逢いに行くと言っていた。花枝が若者を好まない筈はないという確信が吉にはあった。中村の娘には、横取りしたようで申し訳ないが、縁があるとは、こういうことを言うのだろう。

――光陰矢の如し……。

吉と藤助が高瀬川で出逢った時から、既に三十一年が経過している。愛する男との出逢いと、我が身を引き裂くような辛い離別。方角が悪いと、縁談を勝手に断った両親をどれほど怨んだことだろう。しかし、母が言っていたように、藤助と結婚していたら藤助の女房が辿ったように吉も罹病し、彼女の命はもうこの世にはなかったかも知れない。

夫との不本意な結婚も、苦労の連続であった島田家での生活も、振り返ってみれば、ここに至るまでの通過点に過ぎなかったような気がする。全ては、この道に辿り着くまでの行程で、初めから自分の行く道は定められていたのだとの思いを、否定することが出来ないのだ。

(我が人生に悔いなし……)

川を眺めながら、吉は心からそう思えた。若者と織りなす娘の前途が、吉の人生なくして成り立たないのは言うまでもない。

見慣れたこの川の景色も、今朝は初めて目にした時のような新鮮な感じがした。吉の心の呼応によるものだろう。

川はゆるりと流れているのに、動くものが何もないので、靄のかかった川面は、土手から見下ろしている吉には、流れの止まった風景にしか見えなかった。

(花枝は何も知らない……)

明日、花枝は若者に逢うのだ。正月の前後は花枝も休みで、若者が訪ねて行っても何の支障もない筈だ。

吉と藤助が出逢ったように、若い二人は運命的とも言える出逢いをする。夫は電報も打たず、こちらからは一切何も報せないと言っていた。突然訪ねた若者は、どういう風に花枝に、この経緯を伝えるのだろう。

花枝の吃驚する顔を想像するうちに、思いは若かりし己に帰り、誠実そうな若い男の声に屈め腰のまま、おずおずと顔をあげて、相手を見つめた当時の自身の姿を思い浮かべた。着物の裾をからげ、川で洗濯をしていた吉に、藤助が初めて話しかけてきた高瀬川の風景である。海に沈む直前の夕陽が長く尾を引き、日灼けした男の顔に当たっていた。男は、肩に釣竿を担いで、左手に籠を下げていた。自分が一目で藤助に親近感を覚えたように、花枝もきっと同じだと、吉には思えた。

出逢ってから一か月の間は、藤助は三日に一度の割合で、川で洗濯をする吉に逢いに来てくれた。それが二人で交わした約束だった。雨の日でも吉は、その日には夕方五時頃になると川で洗濯をして待っていた。娘時代の殆どを、二階の四畳半の部屋で仕立の賃仕事をするだけの吉には、藤助との時間は心満たされる夢のようなひと時だった。人生の最も輝いていた時期に、有意義な時間を二人で共有したが、愛別離苦も同時に味わった。

――我が人生に楔《くさび》を打ち込んだ男。

いくら眺めても、今朝の景色は見飽きない。

吉は大きく息を吸った。満ち足りた思いが胸一杯に広がっている。

やがて吉は、緩く目を閉じ、朝陽に向って深く辞儀して合掌した。

彼女は、純粋に男を愛した若い日の乙女の気持ちに帰って、一瞬息を止めた。

「ありがとうございました」

深々と頭を下げた感謝の言葉は、川の神に言ったつもりだったが、目を開けて稜線を見上げた時には、延々と命の糸を繋いでくれたご先祖様に言ったような気がした。


〈了〉

著者プロフィール

久七 龍治（きゅうし りゅうじ）

和歌山県出身

【著書】

『愛しき日々』（2008年／友愛アート出版）

山腹の家

2024年6月15日　初版第1刷発行

著　者　久七 龍治
発行者　瓜谷 綱延
発行所　株式会社文芸社
〒160-0022　東京都新宿区新宿1－10－1
電話　03-5369-3060（代表）
03-5369-2299（販売）

印刷所　図書印刷株式会社

ISBN978-4-286-25312-1